오 헨리 단편선

옮긴이 김성

고려대 영문학과를 졸업하고 《레이디경향》《엘르》 등의 월간지 편집장을 역임했다. 현재는 출판 기획과 번역을 하고 있으며 옮긴 책으로는 『월든』 『내 마음의 북소리』 『인생 수첩』 『평화로운 마음이 미소를 부른다』 『하루 경영』 등 다수가 있다.

오 헨리 단편선

—

초   판 1쇄 2005년 4월 12일
개정판 1쇄 2020년 5월 4일
지은이 오 헨리
옮긴이 김성
펴낸이 김영재
펴낸곳 책만드는집

—

주소 서울 마포구 양화로3길 99, 4층 (04022)
전화 3142-1585·6
팩스 336-8908
전자우편 chaekjip@naver.com
출판등록 1994년 1월 13일 제10-927호

—

* 잘못 만들어진 책은 구입하신 서점에서 바꾸어 드립니다.

ISBN 978-89-7944-724-8 (04800)
ISBN 978-89-7944-591-6 (세트)

O. HENRY
SHORT
STORIES

오 헨리 단편선

오 헨리 지음·김성 옮김

책만드는집

차 례

경찰관과
찬송가

소피는 매디슨 광장(역주 : 미국 뉴욕 시 매디슨 가에 있는 광장)의 벤치 위에서 안절부절못하고 있었다.

기러기가 날카로운 소리로 울어대며 밤하늘을 날아가고 모피 코트에 눈독 들인 부인들이 남편에게 아양을 떨고 또 소피가 공원 벤치에서 불안하게 몸을 움직이기 시작하면, 겨울이 바로 코앞에 다가왔다는 것을 알 수 있었다.

소피의 무릎 위로 낙엽이 한 잎 떨어졌다. 그것은 잭 프로스트의 명함이었다. 잭은 매디슨 광장에 자주 오는 사람들에게 친절해 매년 반드시 예고를 한 다음 이 곳을 찾아왔다. 그가 네거리의 모퉁이에서 지붕 없는 저택의 문지기인 북풍에게 명함을 건네면 저택의 주인들도 월동 준비를 시작할 수 있는 것이다.

'드디어 동장군의 행차시다. 또 한차례 추위를 넘기려면 슬슬 움직여야겠군' 하고 소피는 마음의 준비를 했다. 때문에 그는 벤치에 가만히 앉아 있을 수가 없었다.

월동 준비로서 소피가 바라는 것은 그다지 대단한 것은 아니었다. 남들처럼 지중해에서 배를 타고 여행을 한다든지, 푸른 남국의 하늘 아래에서 단잠을 자다든지, 베스비오 만에서 뱃놀이를 즐기는 그런 사치는 꿈도 꾸지 않았다. 그저 '섬' (역주 : 형무소가 위치한 뉴욕 이스트 강의 블랙웰스 섬. 따라서 섬이란 형무소를 뜻함)에서 지내는 3개월, 소피가 지금 마음속으로 바라는 것은 단지 이것뿐이었다. 북풍이나 경찰관의 눈치를 볼 필요도 없이 식사와 잠자리가 해결되고 마음 맞는 친구들과 생활할 수 있는 곳이야말로 소피에게 있어서는 더할 나위 없는 낙원이었던 것이다.

최근 수 년간 그 인심 좋은 블랙웰스 섬은 그가 겨울을 나는 장소였다. 소피보다 처지가 나은 뉴욕 시민들이 겨울이 되면 으레 팜비치나 리비에라 지방으로 가는 티켓을 사는 것처럼, 소피에게는 섬으로의 조심스런 도피 계획이 하나의 연중행사였다. 올해도 드디어 그 시기가 찾아온 것이다.

이 역사 깊은 공원의 분수 옆 벤치에서 밤을 보내는 그는 저녁때면 일요판 신문을 펼쳐 엉덩이, 무릎, 발목 주위를 덮어보지만 이제 그것만으로는 한기를 물리칠 수 없었다. 그래서 그 '섬' 이 소피의 마음속에 몽롱하면서도 아주 간절하게 모습을 나타낸 것이다.

소피는 자선이라는 명목하에 시가 마을의 부랑자들을 위해 마련한 시설을 경멸하고 있었다. 그는 '박애' 따위보다는 '법률' 쪽이 오히려 더 고마운 존재라고 생각했다. 시나

자선단체가 운영하는 시설은 셀 수 없을 만큼 많이 널려 있어서, 원한다면 그곳에 들어가 간소하나마 음식과 숙소를 제공받을 수도 있었다. 그러나 소피처럼 자존심이 강한 사람에게 자선단체의 선물 같은 것은 달갑지 않았다.

가령 도움을 받으면 자신의 돈을 축내는 일은 없다 하더라도 그때마다 정신적인 굴욕감이라는 대가를 치러야 했다. 카이사르에게 브루투스가 있었듯이 자선의 침대에 도달하기까지는 반드시 강제 목욕을 해야 하고, 한 덩어리의 빵을 얻기 위해서는 사생활까지 파헤치는 신원 조회라는 대가를 치르지 않으면 안 되었다. 그러니 차라리 법률의 신세를 지는 편이 훨씬 나았다. 법률이 규칙 덩어리이기는 하지만, 신사의 사생활에까지 손을 뻗는 부당한 간섭은 하지 않기 때문이다.

소피는 '섬'으로 갈 결심이 서자, 그 소원을 달성하기 위해 즉각 행동에 착수했다. 소원 성취를 하기 위해서는 간단한 방법이 얼마든지 있는데, 그중 가장 우아한 방법은 어딘가 고급 음식점에서 비싼 요리를 시켜 먹는 것이다. 그러고 나서 점잖게 빈털터리임을 고백하고, 그대로 얌전히 경찰관의 손에 넘겨지는 일이다. 다음은 친절한 판사가 다 알아서 해준다.

소피는 벤치에서 일어나 공원을 빠져나와 브로드웨이와 5번가가 만나는 아스팔트 위를 걸었다. 브로드웨이에서 북쪽으로 돌아서자, 휘황찬란한 음식점이 나타났다. 그곳은 밤마다 최상급의 요리와 포도주를 즐기는 상류층 사람들이 드나드는 곳이었다.

소피는 양복 제일 아래 단추부터 위쪽으로는 누구한테든 자신이 있었다. 면도도 말끔히 했고 웃옷도 제대로 차려입은 데다가 추수감사절에 선교사 부인으로부터 선물 받은 말끔한 검정색 넥타이까지 매고 있었다. 이제 순조롭게 음식점의 테이블에 앉기만 하면 성공은 따놓은 당상이었다. 테이블에서 보이는 그의 모습은 웨이터가 의심을 품을 여지가 조금도 없었다.

'그래, 물오리 통구이 정도가 적당할 거야. 그리고 샤블리 포도주 한 병과 카망베르 치즈, 식후의 블랙커피 한 잔과 시가 한 개피. 시가는 1달러짜리면 충분하겠지.'

소피는 마음속으로 이렇게 생각했다.

전부 합쳐도 음식점의 주인이 놀라 뒤집어질 정도의 금액은 되지 않을 것이다. 그러면서도 이 성찬은 그의 허기진 배를 채워줄 뿐 아니라 피한지로 보내주는 행운도 가져다줄 것이다. 그러나 소피가 레스토랑 입구에 발을 내딛는 순간, 지배인의 시선이 그의 구멍 난 바지와 닳아빠진 구두 위로 쏠렸다. 지배인은 민첩한 손으로 소피의 몸을 획 돌리더니, 아무 말 없이 곧바로 그를 문밖으로 내쫓아 버렸다. 하마터면 음식 값을 떼먹힐 뻔한 물오리의 굴욕적인 운명을 구제한 것이다.

소피는 그 길로 브로드웨이를 벗어났다. 그가 열망하고

있는 '섬'에 이르는 길은 고급 음식점이 아닌 모양이었다. 그곳에 들어가기 위해서는 다른 길을 모색해야 했다.

6번가의 모퉁이에 이르자, 전등 빛에 보기 좋게 상품이 진열된 가게의 진열장이 눈에 들어왔다. 소피는 돌멩이를 하나 주워 들어 진열장을 향해 힘껏 던졌다. 그러자 깜짝 놀란 사람들이 경찰관을 앞세우고 달려왔다. 소피는 양손을 주머니에 집어넣고 가만히 서서 금 단추가 달린 제복 차림의 경찰관을 바라보며 웃었다.

「도대체 어떤 놈이 이런 짓을 했지?」

경찰관이 흥분하며 물었다.

「저와 관련이 있다고 생각되지 않으시나요?」

소피는 다소 빈정거리는 투로 말했지만, 마치 행운을 만난 사람처럼 기대에 찬 목소리였다.

처음부터 경찰관은 소피를 쳐다보지도 않고, 용의자로 의심하지도 않았다. 유리창을 깬 사람이 계속 우물쭈물하며 경찰관과 얘기하고 있을 리가 없기 때문이다. 범인이라면 벌써 재빨리 도망쳐 버렸을 것이다. 그때 경찰관은 길 앞쪽에서 전차를 타려고 달려가는 한 남자를 발견했다. 경찰관은 곤봉을 빼 들고 열심히 그 남자를 뒤쫓아가기 시작했다. 소피는 울화가 치밀어서 견딜 수 없었다. 또 실패한 것이다.

조금 걷다 보니 길 건너편에 그리 비싸지는 않을 듯한 음식점이 하나 보였다. 그곳은 왕성한 식욕을 가졌지만 주머니 사정이 그리 여의치 않은 사람들에게는 안성맞춤인 곳이었다. 양은 많고 값은 싼 곳으로 수프와 식탁보는 별 볼일 없었다. 소피는 그 음식점 안으로 아무런 제재 없이 예의 낡아빠진 구두와 구멍 난 바지 차림으로 들어갔다. 그는 식탁에 앉아서 비프스테이크와 커다란 핫케이크, 도넛과 파이를 단숨에 먹어치웠다. 그러고 나서 돈 한 푼 없는 빈털터리라는 사실을 웨이터에게 말했다.

「자, 어서 경찰을 불러오시지!」

소피는 빈정거리며 말했다.

「신사를 기다리게 하면 안 되지!」

「너 같은 놈은 경찰을 부를 필요도 없어!」

웨이터는 「어이, 콘!」 하며 큰 소리로 동료를 불렀다.

소피는 두 웨이터의 손에 이끌려 차가운 길바닥 위로, 왼쪽 귀가 땅에 닿도록 보기 좋게 내동댕이쳐졌다. 그는 접힌 대나무 자를 펼치듯이 하나하나 팔다리를 일으키더니 옷에 묻은 먼지를 털었다.

이제 경찰관에게 끌려가는 일은 장밋빛 꿈에 지나지 않는 것 같았다. '섬'은 아직도 멀고 먼 저편에 있었다. 두 블록 건너 약국 앞에 경찰관이 서 있었지만 그를 보고 씩 웃으며 건너편으로 그냥 가버렸다.

소피는 무작정 다섯 블록쯤 걷고 나서야 다시 도전할 용기가 생겼다. 이번에는 그야말로 '식은 죽 먹기' 싶은 기회가 찾아왔다. 품위 있고 세련된 차림의 한 젊은 여자가 진열장 앞에 서서, 면도용 컵이나 잉크 스탠드 등의 진열품을 눈을 반짝이며 정신없이 들여다 보고 있었다. 그리고 그 진열장에서 2미터쯤 떨어진 곳에 근엄한 태도의 몸집이 큰 경찰관이 서 있었다.

이곳에서 소피가 할 일은 추접스럽고 비열한 '치한'으로 둔갑하는 것이었다. 여자의 우아하고 기품 있는 모습과 바로 코앞에 있는 근엄한 경찰관을 보자 한층 더 확신에 찼다. 경찰관의 손이 자신의 팔을 잡아당기는 기분 좋은 감촉이 느껴지면 비로소 그 비좁고 아주 작은 '섬'에서의 한겨울 잠자리가 보증될 것이라는 희망이 소피의 마음에 샘솟았다.

소피는 선교사 부인이 준 넥타이를 잘 가다듬은 후, 자꾸 안으로 말려드는 와이셔츠의 소맷자락을 밖으로 잡아 빼고, 모자를 멋스럽게 약간 비스듬히 쓴 다음, 젊은 여자 쪽으로 다가갔다. 그리고 그녀에게 열심히 추파를 던지면서 헛기침도 해보고, 미소를 띠우기도 하고, 심지어는 미친 사람처럼 히죽히죽 웃기까지 하면서 치한들이 하는 뻔뻔하고 비열한 행동들을 닥치는 대로 다 동원했다. 소피는 경찰관이 자기를 빤히 지켜보고 있는 것을 곁눈질을 통해 알 수 있었다. 젊은 여자는 두세 발자국 물러서더니, 다시 면도용 컵에 못이 박힌 듯 시선을 고정시켰다. 소피는 대담하게 그녀 곁으로 다가가 모자를 벗으며 말했다.

「오, 베델리아 씨! 어때요, 우리 집에 놀러 가지 않겠어요?」

경찰관은 여전히 지켜보고만 있었다. 곤경에 빠진 이 젊은 여자가 수신호를 보내기만 하면 되는 것이다. 그렇게 하면 소피는 바로 그 길로 목적하는 '섬', 피난처의 길로 들어서게 되는 것이다. 벌써 그의 마음속에는 이미 교도소의 따뜻하고 기분 좋은 훈기가 스며오는 듯한 느낌이 들었다. 그런데 젊은 여자는 소피를 마주 보고 한쪽 팔을 뻗더니, 그의 소맷자락을 잡으며 기쁜 듯이 말했다.

「좋아요, 마이크! 맥주 한잔 사준다면 말이죠. 진작부터 말을 걸고 싶었지만 경찰관이 쳐다보고 있어서요.」

떡갈나무에 착 달라붙은 담쟁이덩굴로 돌변한 젊은 여자에게 붙잡힌 소피는 완전히 기가 꺾여 경찰관 옆을 지나갔다. 그는 아무래도 체포될 수 없는 운명인 것 같았다.

첫 번째 모퉁이를 돌자 그는 여자를 뿌리치고 달아났다. 그리고 발길을 멈추었다. 그곳은 밤이 되면 들뜬 기분과 연인들의 사랑의 맹세와 쾌활한 노랫소리로 가득 차는 곳이었다.

모피를 입은 여자나 멋진 코트 차림의 남자들이 추운 겨울의 거리를 씩씩하게 오가고 있었다. 그때 갑작스러운 공포감이 소피를 엄습했다. 자신이 무언가 끔찍한 마법에 걸려 감방 신세에 면역이 되어버린 것이 아닌가 하는 그런 느낌이 들었다. 소피는 약간 초조해지기 시작했다. 그때 극장

앞에서 거드름을 피우며 배회하고 있는 경찰관이 눈에 띄었다. 소피는 지푸라기라도 잡는 심정으로 '풍기 문란 행위'라도 할 작정이었다.

그는 길거리에서 목이 터져라 쉰 목소리로 외쳐대며, 술

주정뱅이처럼 횡설수설하기 시작했다. 춤도 추고 고래고래 소리를 지르면서 주위의 시선은 아랑곳하지 않고 온갖 추태를 부리면서 소란을 피웠다.

그러자 경찰관이 소피에게 등을 돌린 채 곤봉을 빙글빙글 돌리면서 지나가는 사람들에게 말했다.

「저 사람은 예일대학의 학생인데, 하트퍼드대학을 이겨서 저렇게 축배를 들고 있는 겁니다. 시끄럽지만 별로 해는 없으니까 내버려 두라는 지시를 받았지요.」

소피는 결국 참담한 심정으로 허무한 난동을 끝냈다. 경찰관은 영원히 자신을 잡아들이지 않을 것인가? 그에게 '섬'은 결국 도달할 수 없는 이상향일지 모른다는 생각이 들었다.

그는 살을 에는 찬바람을 막기 위해 얇은 웃옷의 단추를 단단히 채웠다.

한참 동안 걷다가 담배 가게가 있어 들여다봤더니 잘 차려입은 남자가 가게에 매달아 놓은 불로 시가에 불을 붙이고 있었다. 입구의 문 쪽에 그 남자의 비단 우산이 놓여 있었다. 소피는 가게 안으로 들어가 그 우산을 집어들고는 유

유히 밖으로 걸어 나왔다. 담배에 불을 붙이고 있던 남자가 허둥지둥 뒤쫓아오며 말했다.

「그건, 내 우산이오!」

「오호, 그래?」

소피는 절도죄에, 상대를 모욕한 모욕죄까지 덧붙이려는 듯 말했다.

「자, 어서 경찰을 부르지 그래? 내가 당신 우산을 훔쳤는데 어째서 경찰을 부르지 않는 거야, 왜? 저 모퉁이에 경찰이 서 있잖아!」

그러자 우산 주인은 걸음을 늦추었다. 소피는 순간 행운의 여신이 또다시 자신에게서 멀리 사라지는 것을 느꼈다. 경찰관은 두 사람에게 수상쩍은 시선을 던지고 있었다.

우산 주인이 더듬거리며 말했다.

「저기, 그러니까 이런 착각은 흔히 일어나는 것인데……. 만약 이것이 당신의 우산이라면, 실례를 용서해주십시오. 실은 오늘 아침에 어떤 음식점에서 우연히 손에 넣은 것인데……. 저기, 만약 당신 우산이 틀림없다면 부디 용서해주시기를…….」

「물론 이것은 내 우산이지.」

소피는 신경질적으로 말했다.

우산 주인은 허둥지둥 사라졌다. 방금 전에 모퉁이에 서 있던 경찰관은 야회용 망토를 걸친 키 큰 금발 부인이 두 블록 정도 떨어진 곳에서 전차가 오는데 큰길을 건너려는 것을 보고 그녀를 도와주기 위해 달려갔다.

소피는 도로 공사로 파헤쳐 진 길을 따라 걸었다. 그는 화가 치밀어서 우산을 공사용으로 파놓은 웅덩이 속에 던져버렸다. 그리고 헬멧을 쓰고 곤봉을 휘두르는 경찰관을 보며 투덜거렸다.

이윽고 소피는 깜박이는 불빛도, 자동차의 소음도 들리지 않는 어렴풋한 동쪽으로 향하는 큰길에 다다랐다. 그 길을 따라서 매디슨 광장으로 향했다. 귀소본능은, 설사 그의 집이 공원의 벤치일지라도 여전히 사라지지 않고 살아 있는 것이었다. 그런데 쥐 죽은 듯이 고요한 어느 길모퉁이에서 소피의 발길이 멈췄다. 그곳에는 볼품없이 낡은 오래된 교회가 있었다. 보라색 스테인드글라스 창에서는 한 줄기 부드러운 불빛이 새어 나오고 있었다. 그리고 오르간 연주자가 주일 예배 때 연주할 찬송가를 열심히 연습하고 있었다. 소피는 귀에 익은 아름다운 음악 소리에 사로잡혀 철책에 몸을 기댄 채 꼼짝 않고 서 있었다.

달은 하늘 높이 떠서 고요하게 빛나고 있었다. 보행자도 자동차도 거의 없었고, 참새들만 처마 끝에서 졸린 듯이 지저귀고 있을 뿐이었다. 한동안 주위는 시골 교회의 풍경을 떠오르게 했다. 오르간 연주자가 연주하는 찬송가에 소피는 마음을 빼앗겼다. 옛날에 자주 듣던 곡이었다. 그 무렵에는 생활 속에 모든 것이 있었다. 어머니, 사랑, 야심, 친구, 오염되지 않은 생각, 순백의 마음……

민감해진 그의 마음과 해묵은 교회가 지니는 감화력이 하나가 되어, 소피의 영혼에 돌연 놀랄 만한 변화를 가져왔다. 그는 비로소 자신이 빠져 있었던 어두운 구렁텅이를 바라보게 되었다. 자신의 생활을 이루고 있는 타락한 나날, 더러운 욕망, 말라붙은 희망, 마비된 능력, 비열한 동기…… 이러한 것들을 돌이켜본 그는 그만 몸을 떨었다. 그리고 곧 그의 마음도 이 새로운 감정에 동화되어 감격스러운 순간을 느꼈다. 이어 하나의 충동이 세차게 그의 마음을 흔들더니, 자신의 절망적인 운명과 용감하게 맞서 싸우고 싶다는 생각이 들었다.

'그래, 이 진흙 속에서 나를 끄집어내는 거야. 다시 한 번 제대로 된 인간이 되도록 노력하자. 나를 사로잡고 있었던 악을 이겨내자. 지금이라도 늦지 않았어. 아직 난 젊어. 그 옛날 뜨거웠던 야망을 다시 한 번 불태워 보자. 이번에는 실패하는 일 없이 반드시 해내자. 엄숙하고도 부드러운 오르간의 음률이 나의 마음속에 혁명을 일으킨 거야. 내일은 활기찬 시내에 나가 일거리를 찾아보자. 어떤 모피 수입상이 운전사 자리를 알아봐 주겠다고 한 적이 있었지. 좋아, 내일은 그 사람을 찾아가 일자리를 부탁해보는 거야. 나도 떳떳한 인간이 되는 거야. 그리고 나는……'

그때 누군가의 손이 소피의 팔을 잡았다. 얼른 뒤를 돌아보니 마주친 얼굴은 틀림없는 경찰관이었다.

　「무얼 하고 있는 거요, 이런 곳에서?」

　「아, 아무것도······.」

　소피는 놀라서 말꼬리를 흐렸다.

　「자, 따라오시오!」

　경찰관은 다짜고짜 말했다.

　다음 날 아침, 즉결심판에서 판사는 이렇게 말했다.

　「3개월 금고형에 처함!」

크리스마스 선물

1달러 87센트. 그것이 전부였
다. 게다가 60센트는 1센트짜리 동전들이
었다. 이것도 그나마 식료품 가게나 야채 가
게, 정육점에서 물건을 살 때마다 흥정 끝에 값을
깎아 한 푼 두 푼 모은 것이었다. 물건을 살 때마
다 가게 주인들이 자신의 구두쇠 같은 행동에 손가락질하는
것 같아 얼굴을 붉혔던 적이 한두 번이 아니었다. 델라는 그
돈을 세 번이나 세어보았다. 세고 또 세어봐도 정확히 1달
러 87센트였다. 그런데 내일은 크리스마스였다.

낡고 초라한 작은 침대에 엎드려 큰 소리로 우는 일 말고는
별다른 도리가 없었다. 델라는 침대에 얼굴을 파묻고 울기 시
작했다. 한참을 소리 내 울다 보니 인생이란 흐느낌과 훌쩍
임, 그리고 미소 이 세 가지로 이루어져 있으며 그중에서도
훌쩍이며 우는 일이 가장 많다는 어느 명언이 생각났다.

흐느껴 울고 있던 이 집의 부인이 마음을 가라앉히는 동
안, 잠시 방 안을 둘러보기로 하자. 이 집은 일주일에 8달러
를 내야 하는, 가구가 딸린 셋방이었다. 말할 수 없을 만큼
형편없지는 않았지만, 부랑자 단속 경관들이 들이닥치지는
않을까 경계해야 할 만큼 초라한 집이었다.

아래층 현관에는 편지라곤 구경조차 한 일 없는 우편함과, 아무리 눌러도 울리지 않는 초인종이 있었다. 거기에는 '제임스 딜링햄 영'이란 이름이 쓰인 문패도 붙어 있었다.

이 문패는 경기가 좋아 이 집의 남자 주인이 주당 30달러를 벌던 시절에는 산들바람에 가볍게 펄럭거렸었다. 그러나 수입이 20달러로 줄어든 지금은 '딜링햄'이라는 글자에 먼지가 뿌옇게 앉아, 겸손하고 눈에 띄지 않게 '디(D)'자로 오그라든 것처럼 보였다. 그러나 바로 그 제임스 딜링햄 영 씨가 2층에 있는 자신의 집에 들어오면, 앞에서 소개한 제임스 딜링햄 영 부인 '델라'가 다정한 목소리로「짐」하고 남편을 부르며 품에 안기곤 했다. 그것은 정말로 보기 좋은 광경이었다.

델라는 울음을 그치고, 눈물로 얼룩진 얼굴에 분을 발랐다. 그리고 창가에 서서 회색 빛 뒤뜰의 회색 담 위로 잿빛 고양이가 기어가고 있는 것을 우울한 눈으로 멍하니 바라보았다. 내일이 크리스마스인데 사랑하는 짐에게 선물을 사줄 수 있는 돈은 고작 1달러 87센트뿐이었다. 하지만 이것도 그녀가 몇 개월 동안 안 쓰고 모은 것이었다. 일주일을 20달러로 생활하는 것은 무척 어려운 일이었다. 말할 것도 없이 지출은 늘 예산을 초과했다. 짐에게 선물을 사줄 수 있는 돈이 고작 1달러 87센트뿐이라니! 나의 짐에게……. 그 사람에게 사줄 멋진 선물을 생각하며 얼마나 행복한 시간을 보냈던가. 훌륭하고 아주 진기한 물건, 짐이 가질 만한 가치가 있는 그런, 조금이라도 그것에 가까운 것을 선물하고 싶었다.

방 안에는 창문과 창문 사이 벽에 전신 거울이 하나 달려 있었다. 8달러짜리 임대 아파트에서 흔히 볼 수 있는 거울이었다. 마르고 또 아주 민첩한 사람이라야 그 거울에 비친 자신의 단면을 재빨리 이어서, 가까스로 제 모습을 파악할 수 있는 거울이었다. 날씬한 몸매의 델라는 이 기술을 아주 훌륭히 터득하고 있었다.

델라는 갑자기 창가에서 몸을 돌리더니, 거울 앞에 다가섰다. 두 눈은 반짝반짝 빛나고 있었지만 얼굴은 핏기가 가셔 창백해 보였다. 그녀는 재빨리 묶어 올린 머리를 풀어헤치고 아래로 길게 늘어뜨렸다.

이 제임스 딜링햄 영 부부에게는 두 가지 소중한 재산이 있었다. 그것은 영 부부가 가장 자랑스럽게 여기는 것이었는데, 그중 하나는 짐의 금시계였다. 그것은 그의 할아버지 때부터 대대로 내려온 것으로 짐의 아버지도 사용했던 것이다. 그리고 다른 하나는 델라의 긴 머리였다. 만약 시바의 여왕이 건너편에 살고 있었다면 델라가 젖은 머리를 말리기 위해 창가에 늘어뜨린 머리카락에 단번에 여왕의 보석이나 보물은 빛을 잃고 말았을 것이다. 또 솔로몬이 관리인으로서 온갖 보물을 아파트 지하실에 쌓아두었다 해도, 짐이 그

앞을 지나면서 그의 시계를 내보였다면 솔로몬은 부러워서 연방 턱수염을 쓸어내렸을 것이다.

그런 델라의 아름다운 머리카락이 지금 갈색 물보라가 피어오르는 폭포수처럼 윤기 있게 출렁거리면서 그녀의 어깨 아래로 흘러내리고 있었다. 그녀의 머리카락은 무릎 아래까지 닿아서 마치 긴 외투를 걸친 듯했다. 그녀는 다시 솜씨 좋게 머리를 감아올렸다. 그리고 한순간 주저하는 듯한 모습을 보이더니, 가만히 선 채로 눈물을 한 방울, 두 방울 닳고 닳은 빨간 융단 위에 떨어뜨리는 것이었다.

델라는 오래된 갈색 재킷을 걸치고, 낡은 갈색 모자를 썼다. 그녀의 두 눈에는 반짝이는 눈물이 맺혀 있었다. 그녀는 치마를 펄럭이며 문을 열고 급히 계단을 내려갔다.

그녀의 발길이 멈춘 곳은 '마담 소프로니' 라는 머리 장신구를 파는 상점이었다. 계단을 뛰어 올라간 델라는 가쁜 숨을 몰아쉬며 마음을 가라앉혔다. 커다란 몸집에 속이 비칠 듯이 투명하고 하얀 옷을 입은 차가운 느낌의 여주인은, 아무래도 '소프로니(역주 : 우아한 미인을 연상시키는 이름)' 라는 이름의 느낌과는 거리가 멀어 보였다.

「저, 머리카락을 팔고 싶은데, 사시겠어요?」

델라가 물었다.

「모자를 벗고 좀 보여주세요.」

여주인이 말했다.

갈색 폭포수가 작게 물결치며 그녀의 어깨 위로 떨어졌다.

「20달러 드릴게요.」

여주인은 익숙한 손길로 머리채를 들어 올리며 말했다.

「좋아요. 빨리 주세요.」

델라가 말했다.

아아, 그로부터 두 시간, 그 시간은 마치 장밋빛 날개를 단 것처럼 흘러갔다. 이런 상투적인 비유 같은 것은 아무래도 좋다. 델라는 짐의 선물을 사기 위해 거리에 있는 가게를 샅샅이 뒤지며 돌아다녔다.

그녀는 마침내 짐에게 줄 선물을 찾아냈다. 뭐라고 할까, 이것이야말로 짐을 위해 만들어진 물건 같았다. 다른 누구의 것도 될 수 없었다. 다른 어떤 가게를 가도 이런 물건은 찾을 수 없을 것 같았다. 짐에게 줄 선물은 심플한 디자인의 산뜻한 백금 시곗줄이었다. 촌스러운 장식도 붙어 있지 않고, 품질만으로 충분히 그 값어치가 있는 물건이었다. 좋은 물건이란 모두 그렇겠지만 말이다. 그 시곗줄은 짐의 시계에 조금도 손색이 없었다. 델라는 그것을 보자마자, 이것이야말로 바로 짐의 것이라고 생각했다. 그 시곗줄은 그에게 꼭 어울리는 물건이었다. 수수하면서도 기품 있어 보이는 짐의 이미지와도 잘 들어맞는 물건이었다.

델라는 시곗줄 값으로 21달러를 지불하고, 남은 돈 87센트를 들고 서둘러 집으로 돌아왔다. 그 시계에 이 시곗줄을 달면, 짐은 이제 누구 앞에서도 당당하게 시계를 꺼내 볼 수 있을 것이다. 시계는 훌륭했지만 시곗줄 대신 낡은 가죽 끈을 달고 있어서, 짐은 이제까지 시계를 볼 때마다 남몰래 살짝 꺼내 보곤 했다.

델라는 집에 돌아와서야 날아갈 것 같은 기쁨에서 잠시 깨어날 수 있었다. 분별력과 이성을 되찾게 된 것이다. 머리카락을 구불거리게 만드는 인두를 꺼내 가스스토브에 불을 붙인 뒤 남편을 사랑하는 마음으로 인해 볼품없게 된 짧은 머리를 손질했다. 그런데 그 일은 꽤 만만치 않은 일이며, 대단히 성가신 일이었다.

40분도 채 못 되어 델라의 머리는 짧은 곱슬머리로 덮여 마치 개구쟁이 학생처럼 보였다. 델라는 거울에 비친 자신의 모습을 오랫동안 바라보았다.

「설마 짐이 나를 보자마자 화를 내진 않겠지?」

델라는 스스로를 위로하려고 애썼다.

「어쩌면 코니아일랜드의 합창단 단원 같다고 할지도 몰라. 하지만 어쩔 수 없는 일이잖아. 아아! 겨우 1달러 87센트를 가지고 뭘 살 수 있겠어?」

7시가 되자 델라는 커피를 끓일 물을 준비하고, 고기를 굽기 위해 스토브 위에 프라이팬을 뜨겁게 달구었다.

짐은 좀처럼 늦는 법이 없었다. 델라는 시곗줄을 접어 손에 꼭 쥐고, 짐이 들어오는 문 가까이에 있는 테이블 의자에 걸터앉았다. 드디어 짐이 계단을 밟고 올라오는 발걸음 소리가 들려왔다. 순간, 아주 잠시 그녀의 얼굴은 백지장처럼 창백하게 변했다. 델라는 사소한 일에도 마음속으로 기도를 하는 습관이 있었다.

'오, 하느님! 부디 저이로 하여금 제가 여전히 예쁘다고 생각하도록 해주세요.'

마침내 문이 열렸다. 곧 짐이 방으로 들어오고 다시 문이 닫혔다. 몸이 마른 짐은 무척 진지한 표정을 하고 있었다. 아아, 그는 이제 겨우 스물두 살이었지만 가엾게도 가정이라는 무거운 짐을 지고 있었다. 그에게는 새 외투도 필요했고 장갑마저도 없었다.

짐은 문 안쪽으로 들어서자, 메추라기의 냄새를 맡은 세터(역주 : 영국산 사냥개의 일종)처럼 멈춰서 꼼짝도 하지 않았다. 델라의 눈을 가만히 응시하고 있는 그의 눈에는 그녀가 헤아릴 수 없는 표정이 담겨 있었다. 그것은 화가 났다거나 놀라움, 비난이나 공포가 아니었다. 그녀가 예상하고 있었던 그 어떤 감정도 아니었다. 그는 단지, 이상야릇한 표정으로 그녀를 뚫어지게 바라볼 뿐이었다.

델라는 머뭇거리며 의자에서 일어나 짐에게 다가갔다.

「여보, 짐!」

그녀는 큰 소리로 말했다.

「그런 눈으로 쳐다보지 말아요. 당신에게 선물도 하지 못하고 크리스마스를 보낼 수가 없었어요. 그래서 머리카락을 잘라 팔았어요. 하지만 짐, 머리카락은 또 자라요. 네? 그러니 걱정하지 말아요. 나도 달리 방법이 없었어요. 내 머리카락은 아주 빨리 자라요. 짐, '메리 크리스마스!' 라고 말해줘요, 네? 그리고 우리 즐겁게 보내요. 당신은 내가 얼마나 멋지고 근사한 선물을 준비했는지 모를 거예요.」

「뭐라고? 머리카락을 잘랐다고?」

짐은 이 명백한 사실을 도저히 믿을 수 없다는 듯이 물었다.

「그래요, 잘라서 팔았어요. 하지만 짐, 그래도 당신은 나를 변함없이 사랑할 거죠? 머리카락 같은 거 없어도 나는 나예요. 네? 그렇죠?」

짐은 멍하니 방 안을 빙 둘러보았다.

「당신의 아름다운 머리카락이 이젠 없단 말이지?」

그는 거의 정신 나간 사람처럼 얼떨떨한 표정으로 되물었다.

「찾아봐도 소용없어요. 팔아버렸는걸요. 팔아서 이제는 없다고요. 짐, 오늘 밤은 크리스마스이브예요. 다정하게 대해줘요. 당신을 위해서 그랬어요.」

그녀는 부드러운 목소리로 말했다.

「하지만 당신에 대한 내 사랑은 어느 누구도 헤아릴 수 없을 거예요. 짐, 고기를 불에 올려놓을까요?」

짐은 넋을 잃었다가 갑자기 깨어나는 것을 느꼈다. 그는 사랑하는 아내를 힘껏 품에 안았다. 여기서 잠시 눈을 돌려, 그다지 중요한 문제는 아니지만 한 가지 진지하게 생각해볼 일이 있다. 도대체 일주일에 8달러를 버는 것과, 1년에 백만 달러를 버는 것에는 어떤 차이가 있는 걸까? 수학자나 지식 인들에게 물어봐도 정확한 답변을 들을 수 없다. 성경에 나오는 동방박사들도 고가의 선물을 가져갔지만 해답을 얻을 수 없었다. 이 수수께끼 같은 말의 뜻은 어쨌든 잠시 뒤에 밝혀질 것이다.

짐은 외투 주머니에서 작은 꾸러미를 꺼내 테이블 위에 올려놓았다.

「이봐 델라, 나를 오해하지 말아줘. 당신의 머리 모양이 어떻든, 싹둑 잘라버렸든, 머리를 감지 않았든 내가 어떻게 당신을 덜 사랑할 수 있겠어? 그 꾸러미를 펼쳐봐. 그러면 내가 방금 전 당신을 보고 어째서 한참 동안 멍해 있었는지 알게 될 거야.」

델라의 하얀 손가락은 재빠르게 포장지의 끈을 풀었다. 그러자 그녀에게서 황홀한 기쁨의 탄성이 터져 나왔다. 하지만 그 기쁨의 탄성은 곧바로 눈물로 바뀌었다. 짐은 진심으로 델라를 위로했다.

그 꾸러미는 델라가 오래전부터 브로드웨이의 진열장을 바라보며 무척 갖고 싶어했던 장식용 머리빗으로, 옆에 꽂는 것과 뒤에 꽂는 머리빗이 한 세트로 된 것이었다. 가장자리에 보석을 박아놓은 진짜 귀갑(역주 : 거북의 등딱지)으로 만든 이 아름다운 머리빗은 지금은 사라져버린 그녀의 아름다운 긴 머리에 잘 어울리는 환상적인 빛깔이었다. 그녀로

서는 감히 엄두도 낼 수 없는 물건이라는 것은 알고 있었지만, 그래도 그것을 볼 때마다 그녀의 가슴 한구석에서 솟구치는 뜨거운 동경에 잠기지 않을 수 없었다. 그런데 그것이 지금, 자신의 것이 된 것이다. 하지만 그렇게 동경하던 머리빗에 광채를 더해야 할 머리카락은 이제 없었다.

그러나 델라는 그것을 가슴에 꼭 끌어안고, 눈물 젖은 얼굴에 애써 미소를 지으며 고개를 들어 말했다.

「짐, 내 머리카락은 아주 빨리 자라요!」

그러고 나서 천진난만한 델라는 털에 불이 붙은 아기 고양이처럼 벌떡 일어서며 「오, 어머나!」 하고 외쳤다.

짐은 아직 그녀가 준비한 아름다운 선물을 보지 못했던 것이다. 델라는 정신없이 그 선물을 그의 눈앞에 가져가서 손바닥을 펼쳐 보였다. 찬란한 귀금속의 빛은 마치 그녀의 진실되고 열렬한 애정을 비추며 활활 타오르는 듯했다.

「짐, 어때요? 멋지죠? 이걸 구하려고 하루 종일 온 거리를 헤맸어요. 당신, 이제 하루에 백 번이라도 시계를 볼 수 있을 거예요. 자, 시계를 주세요. 이 시곗줄이 얼마나 잘 어울리는지 너무 궁금해요.」

그러나 짐은 시계를 꺼내는 대신 소파에 풀썩 주저앉더니, 양손을 머리 뒤로 가져가며 빙그레 미소 지었다.

「델라!」

그가 말했다.

「우리의 크리스마스 선물은 잠시 치워야겠어. 그것들은

지금 사용하기엔 너무 분에 넘치는 것들이야. 난 당신에게 머리빗을 사주려고 시계를 팔았어. 자, 이젠 고기를 불에 올려놓아야지?」

여러분도 알다시피 동방박사들은 현명한 사람들이었다. 그들은 구유 속에서 태어난 아기 예수에게 선물을 들고 찾아왔다. 사람들이 크리스마스 선물을 주고받게 된 것도 바로 그들에게서 시작된 것이다. 그들은 현명한 사람들이었기 때문에 그 선물 또한 현명한 선물이었다. 아마도 그것들은 물건이 서로 중복된 경우에는 다른 것과 바꿀 수 있는 특권을 갖고 있었을 것이다. 그래서 나는 여기에 자신의 가장 소중한 보물을 가장 현명하지 않은 방법으로 서로 희생한, 평범하게 사는 짐과 델라의 이야기를 짧막하게나마 얘기한 것이다. 그러나 마지막으로 한마디, 오늘을 사는 현명한 사람들에게 말하고 싶다. 선물을 주고받는 사람들 중에서 이들 두 사람이야말로 가장 현명한 사람들이라고. 어디를 가도 가장 현명한 사람들, 이들이야말로 동방박사들이라고.

마지막 잎새

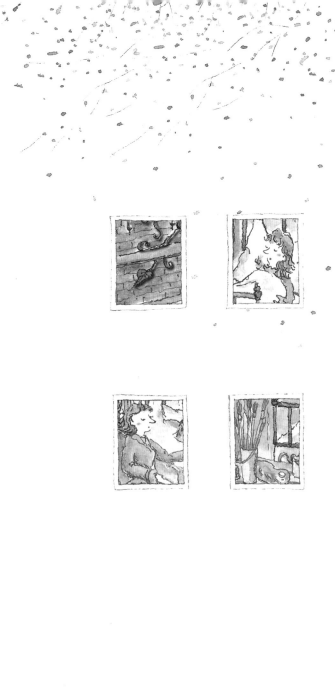

워싱턴 광장에서 서쪽으로 가면, 길이 서로
교차되어 복잡하게 얽혀 있는 자그마한 동네가 나타난다.

그곳에 나 있는 '네거리' 들은 짧은 띠처럼 잘려 있으면
서, 또한 기묘한 각과 곡선을 이루고 있다. 말하자면 하나의
길이 한두 번쯤 그 길과 다시 교차하고 있는 것이다. 일찍이
어느 화가가 이러한 거리에서 기막힌 가능성을 발견했다.
한 예로, 그림물감이나 종이, 캔버스 값을 받아내려고 수금
원이 청구서를 들고 이 길에 들어섰다고 치자. 길을 지나는
수금원은 외상값을 한 푼도 받지 못하고 다시 원 위
치로 돌아와 있는 자신을 발견하게 되는 것이다!

그리하여 이 특이하고 고색창연한 그리
니치빌리지에 예술의 길을 걷고자 하는 사
람들이 하나 둘씩 모여들기 시작했다. 그들
은 18세기식 박공(博栱)에 어둡고 그늘진 창문이 있는 네덜
란드식 다락방과 같은 값싼 거처를 찾아 돌아다니며, 백랍
으로 만든 컵이나 탁상용 풍로 등을 6번가에서 구입해 와,
이곳에 '예술인 마을' 을 만들었다.

벽돌로 지어진 나지막한 3층 건물의 꼭대기에 수와 존시
의 화실이 있었다. '존시' 는 조안나의 애칭이다. 수는 메인

주 출신이고, 존시는 캘리포니아 주 출신이었다. 두 사람은 8번가의 레스토랑 '델모니코'에서 식사를 하다가 알게 되었다. 치커리 샐러드나 비숍슬리브(역주 : 영국국교회의 주교 복장과 같이 손목 부분이 넓은 부인복의 소매. 화가의 작업복 스타일), 화풍에 대한 두 사람의 취향이 너무나도 딱 들어맞았기 때문에 공동 화실을 마련해 함께 지내기로 한 것이다.

그것이 지난 5월의 일이었다. 그런데 11월이 되자, 의사들이 '폐렴'이라고 부르는 냉혹하고 눈에 보이지 않는 이방인이 거리 곳곳에 몰래 숨어들어와, 그 얼음장 같은 손톱으로 사람들을 마구 할퀴며 돌아다녔다. 이 침입자는 맞은편 동쪽에서는 제 세상인 양 맹위를 떨치면서, 단번에 열 명이라는 한 묶음의 희생자를 냈다. 그러나 이 냉혈한도 비좁고 이끼가 무성한 '네거리'의 미로에서는 그 발걸음이 둔해졌다.

'폐렴' 씨는 이른바 남자의 기사도 정신을 갖춘 노신사는 아니었다. 피 묻은 주먹을 움켜쥐고 씩씩대며 가쁘게 숨을 몰아쉬는 이 늙은 협잡꾼에게, 캘리포니아의 미풍을 받으며 자란 핏기 없고 가냘픈 작은 여자의 몸뚱어리 따위는 아무리 봐도 배를 채울 만한 먹이라 할 수는 없을 것이다. 그런데도 그놈은 존시에게 달라붙었다. 존시는 조잡하게 페인트칠을 한 철제 침대 위에, 거의 손가락 하나도 꼼짝하지 못하고 누워 있었다. 그리고 옆의 벽돌집 건물의 높다란 벽을 조그만 네덜란드식 유리창 너머로 바라보고 있을 뿐이었다.

어느 날 아침, 바쁘게 환자를 돌보며 다니는 의사가 덥수룩한 회색 눈썹을 움직이며, 수를 복도로 불러냈다.

「이거, 십중팔구는 어렵겠는데.」

그는 체온계를 흔들어 수은을 떨어뜨리면서 말했다.

「본인에게 살고 싶다는 의지가 없는 한 그 어떤 노력도 소용없거든. 그런 사람들은 장의사에게 돈 벌어줄 생각만 하고 있으니, 약을 써도 효과가 없지. 저 아가씨는 아무리 노력해도 자신의 병은 좋아지지 않을 거라고 생각하고 있어. 혹시 저 아가씨가 마음에 두고 있는 거라도 있나?」

「네. 언젠가 나폴리 만을 그리고 싶다고 말한 적이 있어요.」

수가 말했다.

「그림을 그리고 싶다고? 허 참! 그런 것 말고 무언가 깊이 생각에 잠길 만한 것, 마음속으로 간절히 그리워하는 것이 없느냐는 말이야. 이를테면 애인이라든가.」

「애인이라고요?」

수는 말도 안 된다는 듯이 되물었다.

「남자에게 그럴 만한 가치가…… 아뇨, 선생님. 전혀 없어요. 존시에게 그럴 만한 사람은 없어요.」

「그렇다면 곤란한데……. 힘 닿는 대로 가능한 한 모든 방법을 동원해서 치료를 해보겠지만, 환자가 자기 장례식 행렬에 들어설 마차 수나 세고 있으면 약물의 효능은 반으로 뚝 떨어지는 거야. 만약 아가씨가 환자에게 올겨울에 유행할 외투의 소매 스타일에 관심을 갖게 만든다면, 열에 하나가 아니라 다섯에 하나의 회복 가능성이 있다고 보증하지.」

의사가 떠나자, 수는 작업실 쪽으로 가서 종이 냅킨이 흠뻑 젖도록 울었다. 그러고는 화판을 들고 휘파람으로 재즈곡을 불면서, 애써 명랑한 모습으로 존시가 있는 방에 들어갔다.

존시는 이불에 잔물결 하나 일으키지 않은 채, 창문 쪽으로 얼굴을 돌리고 누워 있었다. 수는 휘파람을 멈췄다. 존시가 잠들었다고 생각했기 때문이다.

수는 화판을 세워 펜을 잡고 잡지 소설에 사용할 삽화를 그리기 시작했다. 젊은 작가들이 대문호의 길을 지향하며 잡지 소설을 쓰듯, 젊은 화가들은 삽화를 그리면서 명화가의 길을 향한 초석을 닦아야 했다.

수가 소설의 주인공인 아이다호 주의 카우보이 모습에 말 품평회를 위한 멋진 승마 바지와 외알 안경을 그리고 있자니, 나지막하게 중얼거리는 작은 목소리가 들려왔다. 그녀는 급히 침대 곁으로 다가갔다.

존시는 두 눈을 크게 뜨고 있었다. 그리고 창밖을 보며 숫자를, 그것도 거꾸로 세고 있었다.

「열둘」하고 그녀는 말했다. 그리고 조금 뒤에 「열하나」또 조금 있다가 「열」, 「아홉」. 그리고 거의 동시에 「여덟」,

「일곱」을 헤아리고 있는 것이었다.

수는 궁금해서 창밖을 내다보았다. 무엇을 세고 있는 것일까? 어둠침침하고 을씨년스런 뒤뜰과, 조금 떨어진 맞은편 벽돌집의 높다란 벽밖에는 보이지 않았다. 그 벽돌로 된 벽의 중간에 뿌리가 썩어 울퉁불퉁하고 오래된 담쟁이덩굴이 찰싹 붙어서 뻗어 올라 있었다. 차가운 가을바람이 그 잎들을 덩굴에서 흔들어 떨어뜨려, 벌거숭이가 된 해골 같은 가지만이 다 허물어가는 벽에 달라붙어 있었다.

「얘, 뭐를 세는 거니?」

수는 물었다.

「여섯.」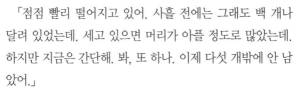

존시는 속삭이듯 말했다.

「점점 빨리 떨어지고 있어. 사흘 전에는 그래도 백 개나 달려 있었는데. 세고 있으면 머리가 아플 정도로 많았는데. 하지만 지금은 간단해. 봐, 또 하나. 이제 다섯 개밖에 안 남았어.」

「다섯이라니, 도대체 뭐가? 뭔지 말 좀 해봐.」

「잎새…….. 담쟁이덩굴의 저 잎새 말이야. 마지막 잎새가 떨어지면 나도 가야겠지. 난 사흘 전부터 알고 있었어. 의사 선생님이 그렇게 말했을 거야. 그렇지?」

「세상에, 그런 바보 같은 소리가 어디 있어? 나는 그런 말은 절대 들은 적이 없어!」

수는 당치도 않다는 투로 존시를 나무랐다.

「네 병이 좋아지는 것과 담쟁이덩굴의 마른 잎이 무슨 상관이 있어? 그래, 너는 저 담쟁이덩굴을 아주 좋아했었지. 하지만 너무 바보 같은 소리는 하지 말아줘. 의사 선생님이 오늘 아침에 그랬는데, 네가 좋아질 가능성은…… 음, 어떤 식으로 말했더라……. 그래, 십중팔구라고 했어! 이 뉴욕 거리에서 시내 전차를 타거나, 새로 짓는 건물 옆을 지나갈 때도 그만한 위험은 따르는 것 아니겠니? 자, 그러니 수프를 좀 먹어봐. 그리고 내가 마음 놓고 그림을 그릴 수 있도록 해줘. 그래야 그림이 완성되면 잡지사에 팔아서 병이 난 우리 아기에게는 포도주를 사주고, 먹성 좋은 나는 돼지고기 요리를 사 먹을 수 있잖아.」

「이제 포도주는 더 사지 않아도 돼.」

존시는 창밖으로 가만히 시선을 돌리며 말했다.

「또 하나 떨어졌다. 싫어, 수프도 필요 없어. 이제 남은 건 네 개뿐이야. 어두워지기 전에 마지막 잎새가 떨어지는 것을 보고 싶어. 그러면 나도 저세상으로 가겠지.」

「이봐, 존시.」

수는 존시에게 몸을 굽히며 말했다.

「제발 부탁이니 내가 그림 그리는 것이 다 끝날 때까지 눈을 감고 창밖을 보지 않겠다고 약속해주겠니? 내일까지 이 그림을 갖다 주지 않으면 안 된단 말이야. 내가 작업하는 데 햇빛이 필요 없다면 커튼을 아예 내리면 좋겠지만…….」

「저쪽 방에서 그리지 그래?」

존시는 차갑게 대꾸했다.

「여기 네 곁에 있고 싶어서 그래.」

수가 말했다.

「무엇보다 네가 그런 바보 같은 담쟁이덩굴 잎을 보지 않았으면 좋겠어.」

「그럼, 그림 다 그리면 바로 알려줘.」

존시는 눈을 감고 기운 없는 창백한 얼굴로 쓰러진 조각상처럼 꼼짝 않고 누운 채로 말했다.

「나, 마지막 잎새가 떨어지는 것을 보고 싶어. 이제 기다리기도 지쳤어. 생각하는 것도 지쳐버렸고. 모든 것으로부터 집착의 끈을 끊어버리고, 아래로 아래로 떨어져 가고 싶어. 바로 저기 지칠 대로 지친, 가련한 잎새들처럼.」

「잠을 좀 자도록 해봐.」

수는 말했다.

「난 버먼 씨를 불러서 세상을 등지고 은둔자가 된 늙은 광부의 모델이 되어달라고 해야겠어. 곧 돌아올 테니 내가 올 때까지 얌전히 누워 있어야 해.」

버먼 노인은 그들의 방 아래층에 살고 있는 화가였다. 이제 예순을 넘긴 나이에, 미켈란젤로의 모세 상과 같은 턱수염이 사티로스(역주 : 그리스신화에 나오는 반인 반수의 주색을 좋아하는 신)와 같은 얼굴에서부터 도깨비와 같은 작은 몸을 따라 소용돌이치며 길게 늘어져 있었다. 버먼은 실패한 화가였다. 근 40년 동안이나 화필을 휘둘러왔지만 예술의 여

53

신에게 다가가기는커녕 그녀의 옷자락에 살짝 스치지도 못했다. 언젠가 걸작을 하나 그리겠다고 허구한 날 입버릇처럼 말하면서도, 여태 손도 대지 못하고 있는 것이었다. 최근 몇 년간은 광고 등에 사용되는 싸구려 상업용 그림을 그린 것이 고작이었다. 그는 전문 모델을 쓸 형편이 못 되는 이 화가촌의 젊은 화가들에게 모델이 되어주고, 얼마 안 되는 수입으로 근근이 살아가고 있는데, 툭하면 독한 진을 마시고는 곤드레만드레 취해서 자신의 미래의 걸작에 대해 말하곤 했다. 그러나 한편으로 그는, 몸집은 작지만 고집이 센 노인이었다. 타인의 유약한 마음에는 신랄한 냉소를 퍼부으면서도 위층 화실의 젊은 두 화가 아가씨에게만은 그들을 지켜주는 특별한 맹견임을 스스로 자처하고 있었다.

수가 아래층에 있는 버먼의 어둠침침한 방으로 내려가 보니, 그는 노간주나무 열매로 만든 술 냄새를 한껏 풍기며 앉아 있었다. 방의 한쪽 구석에는 걸작을 위한 최초의 붓질을 기다리며 그곳에 25년이나 대기하고 있는, 아무것도 그려져 있지 않은 캔버스가 이젤 위에 놓여 있었다. 수는 버먼에게 존시의 허무맹랑한 공상에 대해 얘기했다. 이 세상에 매달려 있는 그녀의 실낱 같은 힘이 더 약해지면, 그야말로 그녀 자신이 나뭇잎처럼 힘없이 떨어져 훌쩍 날아가 버릴지도 모른다고 걱정을 털어놓았다.

버면 노인은 빨갛게 충혈된 눈에서 눈물을 뚝뚝 흘리면서 존시의 터무니없는 공상에 경멸과 조소를 퍼부었다.

「아니, 뭐라고!」

그는 소리쳤다.

「다시 한 번 말해봐! 그 담쟁인가 뭔가에서 잎이 떨어지니까 자신도 죽게 될 거라는 멍청한 말을 하는 얼간이가 있단 말이야? 그런 바보 같은 소리, 나는 들은 적이 없어. 나는 싫다고! 세상을 버린 얼간이 같은 은둔자의 멍청한 모델이 되는 것은 말이지. 수도 그래. 어째서 존시가 그런 상상을 하도록 내버려 두었지? 아아, 불쌍한 욘시(존시를 말함. 이 노인은 독일어 발음을 섞어 얘기하고 있음).」

「그 애는 병이 아주 심각해서 마음도 많이 쇠약해 있어요.」

수는 말했다.

「그리고 열 때문에 마음에 병이 생겨 그만 이상한 상상에 사로잡혀 버린 거예요. 버면 할아버지, 굳이 모델이 되어주고 싶지 않다면 됐어요. 하지만 할아버지도 너무 하시네요. 그렇게 심한 말을 하실 것까지는 없잖아요.」

「수도 별수 없는 여자로구면!」

버면은 소리쳤다.

「누가 모델이 되어주지 않는다고 했어? 자, 따라갈 테니 앞장서라고. 반 시간 전부터 언제든 기꺼이 모델이 되어줄 거라고 말하려고 했었다고. 정말이야! 여기는 욘시 같은 좋은 사람이 병으로 누워 있을 곳이 못 되는데. 나는 머지않아 걸작을 그리고 말 거야. 그러면 우리 다 같이 이런 칙칙한 곳에서 벗어나는 거야. 정말이고말고! 암, 그렇고말고.」

두 사람이 위층에 올라갔을 때, 존시는 잠들어 있었다. 수는 커튼을 창틀 밑까지 내리고는 눈짓과 손짓으로 신호를 하여 버먼을 옆방으로 들어오게 했다. 거기에서 두 사람은 불안한 마음으로 유리창을 통해 담쟁이덩굴을 바라보았다. 그리고 나서 그들은 잠시 아무 말 없이 서로의 얼굴을 쳐다보았다. 차가운 진눈깨비가 추적추적 내리고 있었다. 버먼은 낡은 푸른색 셔츠를 입고 바위 대신에 거꾸로 뒤집어놓은 냄비에 걸터앉아, 세상을 등진 광부의 포즈를 취했다.

다음 날 아침, 한 시간 정도 눈을 붙인 수가 자리에서 일어났을 때 존시는 생기 없는 눈을 크게 뜨고 초록색 커튼으로 가려진 창을 말없이 쳐다보고 있었다.

「커튼을 올려줘. 보고 싶어.」

존시가 속삭이듯 말했다.

수는 마지못해 그녀의 말에 따랐다.

그런데 이게 어찌 된 일인가! 기나긴 밤사이, 세찬 빗줄기가 끊임없이 창을 때리고 바람이 거세게 휘몰아쳤는데 아직도 벽돌집 담벼락에는 담쟁이덩굴 잎새가 하나 매달려 있었다. 덩굴에 달라붙어 있는 마지막 잎새였다. 잎의 뿌리 부분은 아직 짙은 초록색이지만, 톱니 모양의 가장자리는 말라서 누렇게 변해 있었다. 그래도 용감하게 땅에서 20피트 정

도 높이의 가지에 매달려 있었다.

「마지막 잎새야.」

존시가 말했다.

「밤사이에 틀림없이 떨어져 버렸을 거라고 생각했어. 바람 소리가 들렸거든. 오늘은 떨어질 거야. 그러면 그때 나도 함께 가겠지.」

「얘가 또 쓸데없는 소리를 하네!」

수는 초췌한 얼굴을 베개에 기대며 말했다.

「너 자신을 생각하고 싶지 않다면 나를 생각해봐. 난 어쩌라고?」

존시는 아무런 대답을 하지 않았다. 이 세상에 그 무엇이 죽음이라는 멀고 먼 신비의 여로를 준비하는 인간의 영혼보다 쓸쓸할까? 그녀를 대지의 흙이나 우정과 같은 것에 묶어두고 있었던 매듭이 한 가닥씩 풀려나가면서 죽음에 대한 상상은 그녀를 더욱 강하게 사로잡는 것 같았다.

날이 저물어 해질 무렵이 되어도 그 외톨이 담쟁이 잎새는 담벼락의 줄기에 찰싹 달라붙어 있었다. 또다시 밤이 찾아오고, 변함없이 북풍이 몰아치기 시작했다. 차가운 빗줄기가 유리창에 부딪치고, 네덜란드식 낮은 처마에서는 물방울이 뚝뚝 떨어지고 있었다.

밤이 지나가고 날이 완전히 밝아지자, 무정한 존시는 커튼을 올려달라고 했다.

하지만 담쟁이 잎새는 여전히 거기에 있었다.

존시는 누운 채로 그 잎새를 한참 동안 가만히 바라보았다. 그러더니 가스스토브에 올려놓은 닭고기 수프를 휘젓고 있는 수를 불렀다.

「수, 난 정말 나쁜 아이였어.」

존시가 말했다.

「내가 얼마나 나쁜 인간인가를 보여주기 위해서 그 무언가가 저 마지막 잎새를 저곳에 남겨놓은 것이 분명해. 죽고 싶다는 생각을 하면 벌을 받을 거야. 수프 좀 갖다 줘. 그리고 우유에 포도주를 조금 넣어주고. 아냐, 우선 손거울 좀 가져다줘. 그리고 베개를 몇 개 내 등 뒤에 받쳐줬으면 좋겠어. 앉아서 네가 요리하는 것을 보고 싶어.」

그리고 한 시간 정도 지나자 그녀는 말했다.

「수, 난 언젠가 나폴리 만을 그려보고 싶어.」

오후에 의사가 왔다. 수는 일부러 핑계를 만들어 의사와 복도로 나갔다.

「아가씨가 살아날 가능성은 이제 반반이야.」

의사는 수의 떨리는 여윈 손을 잡으며 말했다.

「간호만 잘하면 아가씨가 이기는 거야. 나는 곧 아래층의 환자를 보러 가야 해. 버먼이라는 노인인데 아마 화가인 것 같아. 역시 폐렴이야. 나이를 먹어서 몸이 쇠약한 데다 급성이야. 그 노인은 살아날 가망이 거의 없어. 하지만 오늘은 병원에 입원하기로 되어 있으니까 조금은 편해질 거야.」

다음 날 의사는 수에게 말했다.

「이제 위기를 벗어났어. 아가씨가 이겼
어. 앞으로 영양 섭취를 잘 하고 간호를
잘 받는 것, 그것만 잘 하면 돼.」

그날 오후, 존시는 초록색 털실로 별로 쓸모 있어 보이지
않는 목도리를 만족스런 표정으로 뜨고 있었다. 수는 침대
곁에 가서, 베개에 기대어 있는 존시의 어깨를 감싸고 「존
시, 너에게 할 얘기가 있어」 하고 말했다.

「버먼 할아버지가 어제, 병원에서 폐렴으로 돌아가셨어.
겨우 이틀 앓고 말이지. 요전 아침에 수위 아저씨가 아래층
방에서 혼자 앓으며 괴로워하고 있는 할아버지를 발견했대.
구두도 옷도 비에 흠뻑 젖어 있고 온몸이 얼음 조각처럼 차
갑게 식어 떨고 계시더래. 비바람이 심하게 몰아치던 날 밤,
도대체 어디에 갔었는지 아무도 알 수가 없었다는 거야. 그
런데 얼마 후, 아직 불이 꺼지지 않은 등불과 사다리가 발견
됐어. 주위에는 붓이 몇 개 어질러져 있었고, 초록색과 노란
색 물감이 섞여 있는 팔레트도 함께 발견됐지. 존시, 창밖을
좀 봐. 저 벽에 붙어 있는 담쟁이덩굴의 마지막 잎새. 바람
이 불어도 조금도 흔들리거나 움직이지 않는 것이 이상하지
않아? 아! 존시, 저것이 바로 버먼 할아버지의 걸작이
야……. 그분이 마지막 잎새가 떨어진 날 밤, 저것을 그려놓
으신 거야.」

낙원에서 보낸
일주일

숨겨진 피서지를 개발하는 사람들이 미처 찾아내지 못한 한 채의 호텔이 뉴욕의 브로드웨이에 있다.

그 호텔은 깊숙한 곳에 있고 널찍하며 시원하다. 방들은 차가운 참나무로 장식되어 있고, 인공의 산들바람과 짙은 녹색의 관목들이 일부러 애디론댁 산맥까지 찾아가지 않아도 상쾌한 기분을 만끽할 수 있도록 해준다. 여기에 있으면 느긋하게 계단을 올라갈 수도 있고, 금 단추로 장식된 제복을 입은 사환의 안내를 받으며 엘리베이터를 타고 꿈결같이 공중으로 미끄러져 올라갈 수도 있다. 게다가 알프스의 등산가들도 결코 맛볼 수 없는 청량한 기쁨을 느낄 수 있다. 또 이곳 주방에는 화이트 마운틴에서 먹는 것보다 더 맛있는 송어 요리, 올드 포인트 캄퍼트(역주 : 버지니아 주에 있는 관광지)라도—반드시!—질투심에 얼굴이 파랗게 질릴 정도로 뛰어난 해산물 요리, 엄격한 수렵 구역 관리인의 마음도 달래줄 듯한 메인 주의 사슴 고기 요리 등을 만들어낼 수 있는 주방장이 있다.

7월이 되어 인적이 뜸해진 맨해튼의 사막에서 이런 오아시스를 발견하는 것은 극히 소수의 사람들이었다. 이달에는 한산한 이 호텔의 손님들이 고층에 있는 식당의 시원한 미광 속에서 안락한 모습으로, 텅 빈 테이블의 새하얀 식탁보 너머로 서로 무언의 축하를 보내면서 말없이 시선을 나누거나 슬슬 산책하는 광경을 볼 수 있다.

주의 깊은 웨이터들이 스쳐 지나가는 바람처럼 손님 근처를 서성거리면서 주문하기 전에 필요한 것은 무엇이든 채워준다. 실내 온도는 언제나 4월처럼 적당하다. 천장에는 여름 하늘을 본뜬 수채화가 그려져 있는데 두둥실 떠 있는 구름은 금세 사라져버리는 실제 구름과는 다르게 줄곧 떠돌고 있다.

브로드웨이의 어렴풋하고 기분 좋은 술렁임은 행복한 손님들의 공상 속에서 한적한 숲을 채우는 폭포 소리가 되어 울려 퍼진다. 낯선 발걸음 소리가 들릴 때마다 손님들은 신경 쓰이는 듯 귀를 쫑긋 세운다. 어떤 심산유곡에라도 들어가 새로운 휴식처를 계속 발굴해내는, 그 시끄러운 유람객들에게 이 산장이 발견되어 오염되는 것은 아닐까 하는 염려 때문이다.

안목 높은 사람들은 뜨거운 한여름 동안 인적이 드문 이 호텔에서 아무도 모르게 모습을 감추고, 인공미의 극치를 발휘하여 얻어낸 심산의 기쁨, 해변의 즐거움을 만끽한다.

뜨거운 7월, 이 호텔에 한 명의 여자 손님이 찾아왔다. 숙박부를 쓰기 위해 카운터에 내민 그녀의 명함에는 '마담 엘로이즈 다르시 보몽'이라고 적혀 있었다.

다. 그녀는 호텔의 종업원들을 노예처럼 사로잡는 상냥함과 우아함을 갖추고 있었으며, 그녀의 품위 있는 자태가 감미로움을 한층 더해주고 있었다. 종업원들은 그녀가 벨을 누르면 앞다투어 시중을 들려고 했다. 카운터를 지키는 사람들도 소유권 문제만 없다면 호텔을 송두리째 그녀에게 내주고 싶은 기분이었다. 다른 손님들 역시 여성의 고고함과 아름다움을 지닌 그녀야말로 이곳의 분위기를 완성하는 중요한 손님이라고 생각하고 있었다.

이 귀한 손님은 좀처럼 호텔 밖으로 나가지 않았다. 그녀의 일거수일투족은 로터스 호텔의 눈 높은 손님들의 그것과 훌륭하게 조화를 이루고 있었다. 이 쾌적한 숙소에 머물기 위해서는 수십 마일이나 먼 곳으로 온 것이라 생각하고, 떠들썩한 도시의 거리는 버리는 것이 좋다. 밤이 된 후에 근처의 집을 잠시 방문하는 것은 괜찮지만, 찌는 듯이 더운 한낮에는 깨끗한 연못의 안식처에서 가만히 쉬고 있는 송어처럼 로터스의 그늘진 요새에 틀어박히는 것이다.

마담 보몽은 로터스 호텔의 유일한 여자 손님이면서, 충분히 여왕과도 같은 위엄을 지니고 있었다. 그 고매함이야 두말할 것 없이 그녀의 고귀한 지위를 나타내는 것이었다. 아침 식사는 10시에 했다. 그때의 그녀는 도도하고 감미롭고 편안하고 우아하며 마치 석양에 피어나는 재스민 꽃처럼 부드럽게 빛나고 있었다.

그러나 마담 보몽의 광채는 저녁 만찬 때 절정에 달했다.

그러나 마담 보몽의 광채는 저녁 만찬 때 절정에 달했다. 그때 그녀는 계곡의 숨겨진 폭포에서 솟아오르는 물안개처럼 아름답고, 마치 형태가 없는 듯한 환상적인 이브닝 가운을 두르고 나타나는 것이었다. 이 가운의 이름이 무엇인지 필자의 능력으로는 알 수 없다. 레이스로 장식된 앞가슴에는 담홍색의 장미가 꽂혀 있었다. 지배인은 그녀를 맞이할 때마다 늘 경외의 눈빛으로 그 가운을 바라보았다. 그것은 프랑스의 파리를 떠올리게 했다. 아마 신비로운 백작 부인을 연상케 한 까닭일 것이다. 아니, 그 가운을 보면 항상 베르사유나 결투용 장검, 피스크 부인(역주 : 미국의 여배우), 혹은 루주에누아르(역주 : 트럼프로 하는 일종의 도박)가 생각났다. 로터스 호텔에서 마담 보몽은 세계를 누비며 돌아다니는 국제적인 인물로서, 사실은 그 가느다랗고 새하얀 손으로 국제 정세를 러시아에 유리한 방향으로 이끌고 있다는 출처 불명의 소문도 나돌고 있었다. 그녀가 세계를 자유자재로 여행하고 있는 귀부인이라고 한다면, 타오르는 한여름만큼은 느긋하게 머물기 위해 미국에서 가장 좋은 이 로터스 호텔의 우아한 별천지를 선택했다는 것은 그다지 놀라운 일이 아니었다.

　　마담 보몽이 이 호텔에 투숙한 지 사흘째 되던 날, 젊은 남자가 손님으로 들어왔다. 옷차림은―상투적인 순서로 그의 특징을 묘사하자면―그런대로 유행을 좇으면서 안정감과 차분함을 보이고 있었다. 용모는 수려하고 단정하며, 세상 물정을 아는 듯 균형 잡히고 세련된 표정을 가지고 있었다. 그는 호텔 직원에게 사나흘 간의 체류 일정을 말하면서 유럽 항로의 출항일에 대해 물어보았다. 그러고는 마음에 든 호텔을 발견한 여행객의 흡족한 모습을 하고 보기 드문 호텔의 더할 나위 없는 행복한 고요 속으로 잠수해 들어갔다.

이 젊은이는—숙박부의 신빙성을 의심하지 않는다면—해럴드 패링턴이라고 했다. 로터스의 고고하고 한적한 생활의 흐름 속에 그는 아주 선명하면서도 소리 없이, 조그마한 파문도 일으키지 않고 흘러 들어왔기 때문에 휴식을 취하고 있는 이곳의 투숙객들을 놀라게 하는 일은 없었다. 그도 로터스에서 연꽃의 열매를 먹고(역주 : 로터스는 '연꽃'의 의미로, 그리스신화에서는 그 열매를 먹으면 속세의 시름을 잊는다고 함) 이 행복호의 다른 승객들과 함께 안일의 시간을 누렸다. 하루가 지나자 이미 그도 전용 테이블과 웨이터와 더불어, 브로드웨이를 짜증 나게 하는 예의 휴양지들이 도심 가까이에 있으면서 사람 눈에 잘 띄지 않는 이 안식처를 급습하여 마구 파헤쳐 놓는 것은 아닌가 하는 걱정까지 하게 되었다.

해럴드 패링턴이 호텔에 온 그 다음 날, 저녁 식사 후 마담 보몽은 식당을 나가면서 그만 손수건을 떨어뜨렸다. 패링턴 씨는 손수건을 주워 부인에게 돌려주었지만 그 일을 계기로 그녀와 은근히 가까워지려는 생각은 전혀 없었다.

로터스 호텔의 이 독특한 손님들 사이에는 어떤 비밀스

런 유대가 생겨난 것 같았다. 그들은 브로드웨이의 한 호텔에서 완벽한 피서지를 발견했다는 공통의 행운 때문에 서로 친밀한 감정을 느꼈다. 예의에 있어서는 한 치의 어긋남이 없으면서도, 격식에서 크게 벗어나지 않는 정도의 말을 몇 마디 주고받았다. 그리고 진짜 피서지에서의 그 편안한 분위기에 있을 때처럼, 여기에서도 우연한 만남의 우정은 마술사의 신비로운 풀처럼 순식간에 꽃을 피우고 열매를 맺는 것이었다. 아주 잠깐 동안 두 사람은 복도 맞은편 발코니에 서서 가벼운 대화를 주고받았다.

「늘 똑같은 피서지는 정말 싫증 나요.」

마담 보몽이 희미하지만 부드러운 미소를 지으면서 말했다.

「소음이나 자욱한 먼지를 피해 산이나 바다를 찾아도, 또 마찬가지로 소음과 먼지를 만들어내는 사람들이 곧 뒤쫓아 따라오니까 아무 소용이 없는 거죠.」

「대서양의 한가운데로 나간다 해도 속물들이 늘 따라오게 마련이죠.」

패링턴은 슬픈 듯이 말했다.

「아무리 호화 여객선이라고 하지만 이젠 나룻배와 다를 바가 없어요. 이 로터스 호텔이 사우전드 아일랜즈나 매키낵 이상으로 브로드웨이에서 멀리 떨어져 있는 것 같다는 걸 피서객들이 알아차리는 날에는 우린 모두 끝장이에요.」

「어쨌거나 이 낙원의 비밀이 앞으로 일주일만이라도 지켜졌으면 좋겠어요.」

마담 보몽은 한숨과 미소를 지으면서 말했다.

「만약 사람들이 이 둘도 없는 로터스에 들이닥치게 된다면 저는 이제 어디로 가야 좋을지 모르겠어요. 여름철에 이런 기분 좋은 장소는 단 한 곳밖에 존재하지 않거든요. 그곳은 우랄 산맥의 폴린스키 백작의 성이에요.」

「바덴바덴이나 칸도 이번 여름에는 좀 한산했지요?」

패링턴이 말했다.

「해마다 그런 오래된 피서지는 싫증이 나죠. 아마 우리처럼 다른 사람들도 사람들 눈에서 벗어나 있는 한적한 피서지를 찾고 있는 거겠죠.」

「저는 이제 남아 있는 사흘 동안 이곳에서 기분 좋은 안식을 누리길 기대하고 있어요.」

마담 보몽이 말했다.

「월요일에는 세드릭호가 출항하거든요.」

해럴드 패링턴의 눈엔 실망의 빛이 감돌았다.

「저도 월요일에는 호텔을 떠납니다.」

그가 말했다.

「부인처럼 외국으로 가는 것은 아니지만요.」

마담 보몽은 이국적인 몸짓으로 동그란 어깨 한쪽을 으쓱했다.

「여기가 아무리 즐거워도 언제까지나 이곳에 숨어 있을

수는 없어요. 성에서는 벌써 한 달 이상이나 저를 기다리고 있거든요. 부득이 꼭 치러야 할 수많은 파티는 정말 번거로운 일이죠. 하지만 이 로터스 호텔에서의 일주일은 결코 잊을 수 없을 거예요.」

「저 역시 잊지 못할 겁니다.」

패링턴은 나지막한 목소리로 말했다.

「그리고 세드릭호의 불편함도 결코 용서하지 못할 겁니다.」

그로부터 사흘이 지난 일요일 저녁, 두 사람은 전처럼 발코니의 작은 식탁에 앉아 있었다. 사려 깊은 웨이터가 얼음과 작은 와인글라스를 가져왔다.

마담 보몽은 매일 밤 만찬에 입고 나오는 그 아름다운 이브닝 가운을 입고 있었다. 그녀는 골똘히 생각에 잠겨 있는 모습이었다. 테이블에 올려놓은 그녀의 한쪽 손 옆에는 장식 사슬이 달린 작은 지갑이 놓여 있었다. 와인을 다 마시자, 그녀는 지갑을 열어 1달러짜리 지폐 한 장을 꺼냈다.

「패링턴 씨.」

그녀는 로터스 호텔을 매료시킨 그 미소를 띠면서 말했다.

「당신에게 하고 싶은 얘기가 있어요. 전 내일 아침 식사 전에 여기를 떠날 예정이에요. 이젠 늘 일하던 직장으로 돌아가야 하거든요. 저는 케이지의 맘모스 백화점에서 양말 매장의 점원으로 일하고 있어요. 내일 아침 8시로 저의 휴가는 끝난답니다. 이 한 장의 지폐는 다음 주 토요일 밤 8달

러의 급료를 받을 때까지 제 수중에 남아 있는 마지막 돈이에요. 당신은 정말 신사이고, 또 저에게 아주 친절하게 대해 주셨어요. 헤어지기 전에 한 가지 말씀드리고 싶은 것이 있어요. 저는 이 휴가를 위해 꼭 1년 동안, 제 급료에서 저축을 해왔어요. 2주까지는 못 돼도 일주일만큼은 귀부인처럼 지내보고 싶었답니다. 매일 아침 7시만 되면 꾸물거리며 침대를 나오는 것이 아니라, 일어나고 싶을 때에 일어나 보고 싶었어요. 부자들이 하는 것처럼 고급스럽고 맛있는 음식을 먹고, 호텔 종업원의 시중을 받으며 벨을 눌러서 원하는 것을 가져오게 하고 싶었어요. 그리고 그 소원은 다 이루어졌지요. 일생에 한 번쯤 경험해보고 싶었던 가장 행복한 한때를 지금 저는 경험한 거예요. 저는 다시 일하러 돌아갑니다. 앞으로 1년 동안은 만족할 만한 기분을 안고, 저의 그 비좁은 복도 한구석의 싸구려 셋방으로 돌아가요. 패링턴 씨, 저는 당신에게 이 얘기를 하고 싶었어요. 왜냐하면 저…… 당신은 저에게 호감을 갖고 계셨죠? 그리고 저…… 저도 당신을 좋아하고 있었거든요. 하지만 아아, 저는 지금까지 너무나도 동화 같은 상상을 하고 있었기에 당신을 속이지 않을 수 없었어요. 책에서 읽고 알게 된 유럽이라든가 외국에 관한 이야기를 해서 제가 고귀한 귀부인이란 생각이 들도록 했던 거예요. 제가 입고 있는 이 드레스도…… 그런대로 입을 만한 저의 유일한 드레스인데…… 실은 오도우드와 레빈스키의 상점에서 할부로 구입한 거지요. 75달러나 되는데 치

수를 재어 맞춘 거예요. 10달러를 즉석에서 현금으로 지불했고 나머지는 수금원이 일주일에 1달러씩 받으러 온답니다. 패링턴 씨, 이것으로 제가 하고 싶었던 얘기는 대충 끝났어요. 그리고 참, 저의 이름은 마담 보몽이 아니라 메이미 시비터예요. 여러 가지로 친절하게 대해주신 점 다시 한 번 감사드려요. 이 1달러는 내일 드레스의 할부금으로 지불할 거예요. 저는 이제 그만 방으로 돌아가겠습니다.」

해럴드 패링턴은 침착한 표정으로 로터스 제일의 미인이 들려주는 자세한 이야기에 귀를 기울였다. 그녀가 얘기를 끝내자, 그는 웃옷 주머니에서 수표책 같은 작은 수첩을 꺼냈다. 그러고는 몽당연필로 수첩에 무언가를 쓰고, 그것을 찢어서 여자 앞에 놓은 뒤 1달러 지폐를 집어 들었다.

「저도 내일 아침은 일터로 돌아가야 합니다. 하지만 지금부터 일을 시작하는 편이 좋을 것 같군요. 이것은 1달러 할부금의 영수증입니다. 저는 벌써 3년 동안 오도우드와 레빈스키 상점의 수금원으로 일하고 있습니다. 당신도 저도 모두 같은 휴가지에 생각이 미쳤다는 것이 꽤 재미있지 않습니까? 저는 예전부터 멋진 호텔에 투숙해보고 싶었습니다. 그래서 주 20달러의 급료에서 차곡차곡 모은 돈으로 드디어 꿈을 이룬 것입니다. 저, 메이미 씨. 토요일 밤에 배를 타고 코니아일랜드로 나가보지 않겠어요? 어때요?」

가짜 마담 엘로이즈 다르시 보몽의 얼굴이 빛났다.

「어머, 꼭 갈게요, 패링턴 씨. 토요일은 12시에 가게 문을 닫거든요. 우리가 일주일간 상류층 사람들과 지냈다고 해도 역시 코니아일랜드는 좋다고 생각해요.」

호텔 발코니 아래에서는 찌는 듯이 무더운 거리가 7월의 어둠 속에서 신음하고 있었다. 로터스 호텔 안에는 시원해 보이는 쾌적한 나무 그늘이 빈틈없이 드리워져 있고, 눈치 빠른 사환이 고개만 끄덕이면 언제든 마담과 그 호위자의 요구에 응할 수 있도록 나지막한 창가 주위를 서성거리고 있었다.

엘리베이터 문 앞에서 패링턴은 마담 보몽과 헤어졌다. 마담 보몽에게는 이 숙소에서의 마지막 휴식을 위해 타고 올라가는 엘리베이터였다. 그러나 두 사람이, 이 소리 없이 미끄러지는 새장 같은 엘리베이터에 채 도착하기 전에 그는 말했다.

「해럴드 패링턴이라는 이름은 잊어주십시오. 맥메이너스가 제 본명입니다. 제임스 맥메이너스. 지미라고 부르는 사람도 있지만요.」

「잘 자요, 지미」 하고 마담은 말했다.

황금의 신과
사랑의 신

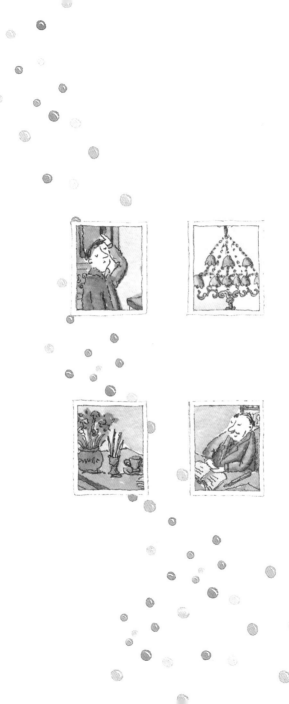

로크월즈 유레카 비누 회사의 제조업자이자 경영자였던 앤터니 로크월 노인은 5번가에 위치한 그의 저택 서재에서 창밖을 내다보며 쓴웃음을 지었다.

오른쪽 옆집에 살고 있는 귀족 클럽 회원인 'G. 반 스카이라이트 서포크 존스'가 여느 때처럼, 비누왕 저택 현관 앞에 높이 세워져 있는 이탈리아의 르네상스풍 조각상에 찡그린 얼굴로 경멸의 시선을 던지며 지나갔기 때문이다. 그는 대기하고 있는 자동차를 향해 걸어가고 있었다.

「흥, 건방진 늙은이 같으니. 아무짝에도 쓸모 없는 벽창호인 주제에!」 하고 왕년의 비누왕은 비웃었다.

「정신 차리지 않으면 당장에 이든 박물관(역주 : 정교한 밀랍 인형을 많이 소장하고 있는 프랑스의 박물관)에서 저 점잔 빼는 네슬로드(역주 : 러시아의 유명한 귀족)를 박제로 만들어버릴걸. 이번 여름에는 이 저택을 빨갛고 하얗고 파랗게 칠해보자. 그래도 저 늙어빠진 네덜란드 놈 콧대가 여전히 높을지 두고 봐야겠어.」

그런 뒤 평소 종을 울려 사람 부르기를 싫어하는 앤터니 로크월은 서재의 문 앞까지 가서, 캔자스의 대초원에서 푸른 하늘의 구름도 날려보낸 적이 있는 그 우렁찬 목소리로 「마이크!」 하고 외쳤다.

앤터니는 부름을 받고 온 하인에게 말했다.

「내 아들에게 전해주게. 외출하기 전에 내 방에 좀 들르라고 말이야.」

로크월 청년이 서재에 들어서자 노인은 읽고 있던 신문을 옆으로 치우고, 커다랗고 수염 없는 불그레한 얼굴에 엄격하고도 애정이 깃든 눈길로 그를 가만히 바라보았다. 노인은 한쪽 손으로는 백발이 성성한 헝클어진 머리를 쓸어내리고, 또 다른 손으로는 주머니 속의 열쇠를 짤랑짤랑 흔들었다.

「리처드.」

앤터니 로크월이 말했다.

「네가 사용하고 있는 비누는 얼마짜리지?」

아직 대학을 졸업한 지 6개월밖에 되지 않은 리처드는 허를 찔린 듯 좀 당황했다. 그는 아직도 제 아버지의 마음을 헤아리지 못하고 있었다. 마치 처음으로 파티에 나온 소녀처럼 그에게는 모든 일이 예상 밖이었기 때문이다.

「한 다스에 6달러짜리입니다.」

「그럼 옷은?」

「대체로 60달러 정도 됩니다.」

「그래도 넌 신사로구나.」

앤터니는 단호하게 말했다.

「요즘 양갓집 젊은이들은 비누 한 다스에

24달러나 쓰고, 옷값도 분수에 맞지 않게 많이 쓰는 것 같더군. 그런데 너는 그런 녀석들 못지않게 돈이 많은데도 아주 검소하고 수수하단 말이야. 나는 지금도 예부터 우리가 만들어온 유레카 비누를 쓰고 있는데, 감상적인 기분에서만이 아니라 그 비누가 제일 순수한 비누이기 때문이지. 비누 한 장에 10센트 정도 하는 것은 향료도 상표도 분명 수상쩍은 물건이야. 하지만 네 연령에, 너와 같은 지위와 신분의 젊은이에게는 한 장에 50센트짜리가 딱 적당할 거야. 방금 말한 것처럼 너는 신사이니까 말이지. 신사가 한 명 탄생하는 데는 삼대가 걸린다고들 하는데 그건 틀린 말이야. 돈만 있으면 비누 기름처럼 번지르르하게 훌륭한 신사로 만들어줄 수가 있지. 실제로 너를 신사로 만든 것도 다 그 돈이라고. 그래! 나도 역시 돈 때문에 신사가 된 셈이지. 나는 우리 집 양쪽에 사는 저 두 놈의 니커보커(역주 : 네덜란드계 뉴욕인) 늙은이와 마찬가지로 무식하고 불쾌하고 예의도 모르지만 그들 사이에 저택을 사들이는 바람에 저 두 놈은 밤잠도 못 자고 있지.」

「하지만 돈으로 이룰 수 없는 것도 있어요.」

로크월 청년은 좀 우울한 목소리로 말했다.

「그런 것이 있을 리 있나.」

앤터니 노인은 말도 안 된다는 듯이 대꾸했다.

「나는 언제나 돈에 돈을 걸지. 돈으로 살 수 없는 것이 있을까 하는 생각에 백과사전을 처음부터 끝까지 다 뒤져보았지만 다음 주에는 부록까지 찾아봐야 될 것 같아. 세상 사람들이 뭐라고 지껄여도 나는 돈 편을 들겠어. 어디 돈으로 살수 없는 것이 있다면 나에게 말해보라고.」

「우선 첫째로 상류사회의 배타적인 일류 사교계에 들어가는 것은 돈으로는 살 수가 없죠.」

리처드는 좀 괴로운 듯이 대답했다.

「뭐라고? 돈으로 살 수 없다고?」

악의 근원(돈을 말함)의 옹호자는 큰 소리로 말했다.

「만약 초대 애스터(역주 : 미국의 자본가)에게 대서양을 건너오는 싸구려 뱃삯조차 지불할 돈이 없었다면, 네가 말하는 배타적인 사교계 같은 것은 있을 수도 없었을 거다. 안그러냐?」

이 말에 리처드는 한숨을 쉬었다.

「내가 말하려고 했던 것은 바로 네 한숨이란다.」

노인은 아까보다 좀 차분히 말했다.

「너를 여기에 부른 것도 그 때문이지. 요즘 너에게 뭔가고민이 있는 모양인데, 2주 전부터 나는 눈치 채고 있었어. 말해봐라. 마음만 먹으면 나는 부동산 말고도 24시간 이내에 천백만 달러를 손에 넣을 수 있다. 간(역주 : 옛날에는 사랑, 용기 등의 감정의 본원으로 생각했었음)의 상태가 나쁜 것이라면, 램블러호가 석탄을 싣고 이틀 후에 바하마 섬을 향해 출발할 수 있도록 만반의 준비를 갖춘 상태로 항구에 정박해 있다는 걸 알아두려무나.」

「통찰력이 뛰어나시군요, 아버지. 추측이 완전히 빗나간
것은 아닙니다.」

「흐음.」

앤터니는 날카로운 눈빛으로 물었다.

「상대의 이름은?」

리처드는 서재 안을 왔다 갔다 하기 시작했다.
이 무식한 늙은 아버지에게도 아들의 신뢰를 얻을 만큼의
이해심과 배려는 충분히 있었다.

「어째서 청혼하지 않는 게냐?」

앤터니 노인이 물었다.

「너 정도면 여자가 오히려 덤벼들 텐데. 돈도 있고 인물
도 좋겠다, 게다가 점잖은 청년이니까. 손도 깨끗하지, 유레
카 비누도 묻어 있지 않아. 게다가 대학도 나왔어. 그런데
여자가 그런 것을 거들떠보지도 않는 거냐?」

「아직 청혼할 기회가 없었어요.」

「기회야 만들면 되잖니.」

앤터니가 말했다.

「공원에 산책을 하러 나간다든지, 마차를 타고 시골로 놀
러 간다든지, 교회에서 돌아오는 길에 집까지 바래다준다든
지 말이야. 기회가 없다니! 무슨 소리를 하는 게냐?」

「아버지, 아버지는 사교계라는 물레방아가 어떻게 돌아
가는지를 잘 모르십니다. 그 아가씨는 물레방아를 돌아가게
하는 물과 같은 존재예요. 그녀의 시간은 1분 1초에 이르기

까지, 며칠 전부터 예약이 꽉 차 있어요. 하지만 아버지, 저는 아무래도 그녀를 포기할 수가 없어요. 그녀와 이루어질 수 없다면, 이 뉴욕 시도 저에게는 암흑의 수령과 다를 바 없어요. 그렇다고 제 심정을 글로 전할 수도 없어요. 그렇게는 못 하겠어요.」

「잠깐!」 하고 노인은 말을 끊었다.

「내가 갖고 있는 전 재산을 다 쏟아 부어도, 그 여자의 일정을 한두 시간쯤 뺏을 수 없단 말이냐?」

「우물쭈물하고 있는 사이에 이미 늦어버렸어요. 그녀는 모레 정오에 2년 예정으로 유럽으로 떠납니다. 둘이서만 있을 수 있는 것은 내일 밤 단지 몇 분 동안이에요. 지금 그녀는 리치먼드의 큰어머니 댁에 가 있어요. 그렇다고 제가 그곳에 갈 수도 없고. 하지만 내일 밤 8시 30분 기차로 그랜드 센트럴 역에 도착하는 그녀를 마차로 마중 나가도 좋다는 허락을 받았습니다. 우린 곧장 브로드웨이를 향해 마차를 달려서, 월랙 극장으로 갈 겁니다. 극장에서는 그녀의 어머니가 다른 특별석의 사람들과 함께 로비에서 우리를 기다리기로 했어요. 그렇게 정신없이 돌아가는 7, 8분 동안 내가 사랑 고백을 한다고 그녀가 귀를 기울여주리라고 생각하세요? 아닙니다. 게다가 극장 안에서나 그 후의 시간에 어떤 기회가 있으리라고 생각하세요? 전혀 없어요. 아버지, 이것만큼은 아무리 아버지의 재산을 가지고 달려들어도 해결될 수 없어요. 불가능하다고요. 아무리 돈을 많이 주어도 시간

이란 단 1분도 살 수가 없는 거예요. 만약 살 수 있다고 한다면 부자는 더 오래 살아야 마땅하겠죠. 지금으로서는 출발 전에 랜트리 양과 얘기할 수 있는 희망이 전혀 없어요.」

「그래 리처드, 알았다.」

앤터니 노인은 힘 있게 말했다.

「자, 얼른 클럽에 가서 기분 전환이라도 하고 오렴. 간이 잘못된 것이 아니라서 무엇보다 다행이다. 그러나 가끔 사당에 가서 재물의 신 마즈마에게 향을 피우는 것을 잊지 마라. 돈으로는 시간을 살 수 없다고 말했지? 그래, 물론 대금을 지불할 테니 영원을 포장해서 집으로 배달해달라고 주문할수는 없겠지. 하지만 난 시간의 신(역주 : '시간'의 의인화. 한 손에 큰 낫, 다른 한 손에 모래시계를 든 노인)이 금광을 돌아다니다가 돌부리에 발꿈치가 채여 심한 상처를 입은 것을 본적이 있지.」

그날 밤 상냥하고, 눈물에 약하고, 주름투성이에 한숨도 잘 쉬며, 돈에는 그다지 관심이 없는 엘렌 고모가 석간을 읽고 있는 오빠 앤터니를 찾아와서, 사랑에 빠진 사람들의 고민에 관한 내용으로 일장 연설을 하기 시작했다.

「그 이야기는 당사자에게서 전부 들었어.」

오빠인 앤터니는 하품을 하면서 말했다.

「그 녀석에게 내 당좌예금을 자유롭게 사용해도 좋다고 말해뒀지. 그랬더니 세상에, 그 녀석은 돈의 가치를 깎아내리지 뭐야. 돈 같은 것은 아무 도움도 되지 않는다는 거야. 사교계의 스케줄은 수십 명의 백만장자가 한데 뭉쳐 부딪쳐도 끄떡도 안 하는 거라고 말하지 않겠어?」

「어쩜, 오라버니.」

엘렌 고모는 한숨을 쉬었다.

「제발 부탁이니 너무 그렇게 돈의 힘을 과대평가하지 않으셨으면 해요. 진정한 사랑에 대해서는 재산 따윈 아무런 도움도 되지 않아요. 사랑은 위대해요. 그 아이가 좀 더 일찍 말하기만 했어도! 상대가 우리 리처드를 거절할 리가 있겠어요. 하지만 너무 늦었는지 몰라요. 이제 그 아가씨에게 고백할 기회 같은 건 없을 테니까요. 금화를 산더미처럼 쌓아 올려도 오라버니의 아들에게 행복을 가져다주는 일은 할 수 없을 거예요.」

다음 날 밤 8시에 엘렌 고모는 오래된 상자에서 독특하게 생긴 고풍스러운 황금 반지를 꺼내어 리처드에게 주었다.

「얘야, 오늘 밤 이걸 끼고 있거라.」

그녀는 간청을 했다.

「너의 어머니가 나에게 준 거야. 사랑의 행운을 가져다주는 반지라고 말씀하셨단다. 네가 사랑하는 사람을 찾았을 때 이걸 너에게 주라고 나에게 부탁하셨어.」

로크월은 그 반지를 공손하게 받아서 새끼손가락에 끼어 보았다. 하지만 반지는 두 번째 손가락 마디까지밖에 들어가지 않았다. 그는 그것을 빼서 남자들이 흔히 하는 식으로,

조끼 주머니에 집어넣었다. 그러고 나서 전화를 걸어 마차를 불렀다.

8시 32분에 그는 역 앞의 웅성거리는 군중 속에서 랜트리 양을 맞았다.

「어머니와 다른 분들을 기다리게 해서는 안 돼요.」

그녀가 말했다.

「가능한 한 빨리 월랙 극장으로 갑시다.」

리처드는 충직한 하인처럼 마부에게 명령했다.

마차는 브로드웨이를 향해 42번가를 질주하여 노을이 지는 부드러운 목장에서 아침 해가 솟아오르는 바위 언덕으로 (서쪽에서 동쪽으로라는 의미) 통하는, 하얀 별들이 빛나는(가로등이 켜졌다는 의미) 길을 따라 쏜살같이 내려갔다.

34번가에 다다랐을 때, 리처드는 황급히 마차의 문을 밀어젖히고 마부에게 멈추라고 명령했다.

「반지를 떨어뜨렸어요.」

그는 마차에서 내리면서 미안한 듯이 말했다.

「어머니의 유품이라서 잃어버리면 큰일입니다. 하지만 금방 찾을 수 있어요. 떨어진 장소를 알고 있으니까요.」

1분도 채 안 되어 그는 반지를 찾아가지고 마차 안으로 돌아왔다.

그런데 그 1분이 되기 전에, 거리를 횡단하는 전차가 마차 앞 한가운데에 와서 멈추어버렸다. 마부는 전차의 왼쪽으로 빠져나가려고 했다. 그러나 이번에는 짐을 실은 화물차가 가는 길을 가로막았다. 마부가 다시 오른쪽으로 빠지려고 하니 이번에는 이 부근에 아무 볼일도 없을 것 같은 한 대의 가구 운반차 때문에 또다시 돌아가지 않으면 안 되게 되었다. 그래서 뒤로 물러서려고 하는 찰나, 이번에는 고삐를 떨어뜨리고 말았다. 마부는 화가 나서 욕을 퍼부어대고, 결국 그들은 차와 말이 뒤엉킨 혼란 속에 갇혀버리게 되었다.

대도시의 한가운데에서, 때때로 전혀 예기치 않게 일어나는 자동차와 마차의 옴짝달싹할 수 없는 교통 대란이 일어난 것이다.

「어째서 마차를 몰지 않는 거죠?」

랜트리 양은 초조한 듯이 말했다.

「이러다가 늦겠어요.」

리처드는 마차에서 일어나 주위를 둘러보았다. 브로드웨이와 6번가와 34번가가 서로 교차하고 있는 넓은 광장에, 마치 허리둘레 26인치의 아가씨가 22인치의 코르셋으로 꾹꾹 몸을 조이는 것처럼 짐마차, 트럭, 영업용 마차, 시내 전차가 꽉 들어차 있었다. 엎친 데 덮친 격으로 자동차의 무리가 사방에서 이 한 점을 향해 전속력으로 시끄럽게 몰려와서는 아수라장 속에 뛰어들어 차 바퀴를 얽히게 하고, 마부들의 성난 목소리는 소동을 점점 더 크게 확대시키고 있었다. 맨해튼의 모든 교통수단이 그들의 주위에서 옴짝달싹 못하게 된 것이다. 양측의 길거리에 울타리를 만들며 구경하고 있던 수천 명의 구경꾼

중에서 가장 나이 많은 사람도 뉴욕 시에서 이런 대규모의 교통 혼잡은 아직까지 본 적이 없었다.

「정말로 죄송합니다.」

리처드는 다시 의자에 앉으면서 말했다.

「완전히 꼼짝도 할 수 없는 신세가 됐어요. 이 혼잡은 한 시간이 지나도 해결될 것 같지 않군요. 다 제 탓이에요. 반지를 떨어뜨리지만 않았어도…….」

「그 반지, 보여주지 않겠어요?」

랜트리 양이 이어 말했다.

「괜찮아요, 뭐. 상관없어요. 어차피 연극 같은 건 따분할 테니까요.」

그날 밤 11시에 누군가가 앤터니 로크월의 방문을 가볍게 두드렸다.

「들어오게.」

붉은색 실내복을 입고, 해적 모험 소설을 읽고 있던 앤터니가 말했다.

누군가 했더니 엘렌 고모였다. 그녀는 길을 잘못 들어서 지상에 남게 된 백발의 천사 같은 얼굴을 하고 있었다.

「오라버니, 두 사람 약혼했어요.」

그녀는 조용하게 말했다.

「상대 아가씨가 우리 리처드와 결혼하기로 약속했답니다. 극장에 가는 도중 길이 막혀서 두 시간이나 지난 후에야 겨우 빠져나올 수 있었대요. 그래서 말인데 오라버니, 돈의 힘 같은 것은 이제 두 번 다시 자랑하지 마세요. 진정한 사랑의 작은 상징…… 영원히 변치 않는, 돈과는 전혀 관계없는 애정을 상징하는 작은 반지, 그것이 우리 리처드에게 행복을 안겨준 것이니까요. 리처드가 그 반지를 길에 떨어뜨리는 바람에 마차에서 내려 찾으러 갔었다지 뭐예요. 그리고 마차로 돌아와 출발하려고 하는데, 교통 대란이 일어난 거예요. 마차가 완전히 둘러싸여 있는 동안 그 아이는 여자에게 마음을 털어놓고, 그 자리에서 그녀를 자기 여자로 만든 거죠. 오라버니, 돈이란 것은 진정한 사랑과 비교하면 그저 휴지 조각에 지나지 않아요.」

「그거 잘됐군.」

앤터니 노인은 말했다.

「그 아이가 원하는 것을 손에 넣었다니 나도 기쁘구나. 그 녀석에게 말해두었지. 그 때문에 비용이 얼마가 들어도 아깝지 않다고…….」

「그런데 오라버니, 이 일과 돈이 무슨 관련이 있다는 거예요?」

「그런데 말이지. 내가 지금 이 책 마지막 부분을 읽고 있는데 해적이 쫓겨 궁지에 몰리는 곳까지 왔어. 해적선에 구멍이 뚫렸거든. 하지만 그놈은 돈의 가치를 아주 잘 알고 있으니까 배가 순순히 가라앉도록 내버려 두지 않을 거야. 이 부분을 계속 읽었으면 좋겠구나.」

이 이야기는 여기에서 끝을 맺어야 할 것이다. 실은 이 이야기를 읽은 여러 독자와 마찬가지로, 나도 여기에서 얘기가 끝나기를 마음속으로 바라고 있다. 그러나 우리는 진실을 찾기 위해서 끝까지 가지 않으면 안 된다.

다음 날, 푸른색 물방울무늬 넥타이를 매고 손이 불그스름한 케리라는 남자가 앤터니 로크월의 집을 찾아왔고 곧바로 서재로 안내되었다.

「자.」

앤터니는 수표장에 손을 뻗으면서 말했다.

「일은 아주 잘 처리됐어. 자네에게는 이미 현금으로 5천 달러를 건네줬지?」

「제 돈이 3백 달러 더 들어갔습니다.」

케리가 말했다.

「예상보다 좀 많이 들었어요. 짐 배달 차나 영업 마차는 대체로 5달러로 합의를 보았는데, 트럭이나 쌍두마차의 경우엔 대부분 10달러까지 값을 올리지 뭡니까. 전차 운전사도 10달러나 부르고, 짐을 실은 마차는 20달러씩이나 달라고 했어요. 무엇보다 경관이 제일 많이 불렀죠. 두 사람에게 50달러씩 지불했어요. 나머지는 20달러나 25달러로 얘기가 끝났죠. 하지만 정말 훌륭히 잘해내지 않았습니까, 로크월 씨? 순식간에 광장을 메운 차와 말들의 초호화판 쇼에 대흥행주인 윌리엄 A. 브래디(역주 : 미국의 유명한 연출가)가 의심을 품지 않아서 천만다행이었어요. 나로서도 그 양반이

질투를 해서 심장마비라도 일으키면 큰일이니까요. 게다가 예행연습도 한 번 안 하고 말이죠! 어쨌든 모든 것이 1분 1초도 어긋남 없이 아주 딱 맞아떨어졌어요. 그로부터 두 시간 동안 그릴리(역주 : 미국 언론 사상 최고의 논설 기자로 평가받는 언론인)의 동상 밑에서 뱀 한 마리조차 기어나갈 수 없었죠.」

「천3백 달러. 자, 여기 있네, 케리.」

앤터니는 수표를 떼주며 말했다.

「자네 몫으로 천 달러에 추가금 3백 달러. 자네는 돈을 우습게 생각하지 않지, 케리?」

「제가 말입니까?」

케리가 말했다.

「가난을 만들어낸 녀석을 실컷 패줘도 시원치 않습니다요.」

케리가 문 앞까지 가자 앤터니는 그를 다시 불렀다.

「자네, 혹시 뭔가 보지 않았나?」

그는 말했다.

「옴짝달싹 못 하게 되었을 때, 어딘가에 벌거벗은 살찐 미소년(큐피드를 지칭)이 열심히 화살을 쏘아대는 걸 말일세.」

「아니요, 아무것도요.」

케리는 여우에 홀린 듯한 모습으로 대답했다.

「그런 건 보지 못했어요. 그런 알몸을 한 놈이 있었다면 제가 발견하기 전에 경관이 벌써 잡아끌고 갔을 거예요.」

「나도 그런 괘씸한 개구쟁이가 있을 리 없다고 생각했네.」

앤터니는 만족스러운 듯이 웃었다.

「알았어. 수고했네, 케리.」

사랑의 묘약

'블루라이트 약국'은 뉴욕의 번화가인 바워리가와 1번가 사이의 두 갈래 길이 가장 근접해 있는 부근에 있다.

이 약국은 다른 약국과는 달리 싸구려 장신구나 향수, 크림소다와 같은 물건을 파는 곳이 아니다. 이를테면 손님이 진통제를 찾는데 봉봉 과자를 주는 그런 약국은 아닌 것이다.

블루라이트 약국은 현대 약학의 제약 기술도 경멸하고 있다. 이곳에서는 아직도 직접 아편을 용해하고, 아편액이나 진통제를 걸러내 약을 만든다. 약국의 높다란 조제대 뒤에서는 오늘날에 이르러서도 여전히 알약이 만들어지고 있다. 알약은 우선 약판에서 반죽을 한 다음, 주걱으로 나누어 엄지와 검지로 동그랗게 뭉친 뒤 산화마그네슘을 뿌리고, 골판지로 만든 작고 동그란 알약 용기 속에 넣어 만들어진다. 이 약국이 있는 거리의 모퉁이 주위에서는 항상 누더기 옷을 걸친 아이들이 뛰어놀고 있는데, 그들은 조만간 가게 안에서 그들을 기다리는 기침용 알약이나 진정제의 신세를 질 후보자들이다.

아이키 셰인스타인은 블루라이트의 야근직 약사이며, 단골손님들의 좋은 친구이기도 했다. 가게는 이스트사이드에 위치해 있었다. 이 동네의 약국 사람들은 손님에게 그리 차갑게 대하지 않는다. 이런 곳에 있으면 당연히 약사는 변호사이자 죄인의 고백을 듣는 신부이기도 하고, 조언자이기도 하며, 또 유능하고 따뜻한 선교사나 교사가 되기도 한다. 그의 학식은 존경을 받고, 비술의 지혜는 경외의 대상이 되며, 그가 조제한 약은 맛도 보지 않고 그대로 목구멍으로 넘기는 일도 드물지 않다. 때문에 안경이 걸린 쇠뿔 같은 모양의 코와, 육중한 지식의 무게로 인해 앞으로 굽어진 여윈 아이키의 모습은 블루라이트 약국 부근에서는 모르는 사람이 없었고, 많은 사람이 그의 진단이나 조언을 받으려고 했다.

아이키는 약국에서 두 블록쯤 떨어진 리들 부인의 집에서 하숙하면서 아침은 그곳에서 먹고 있었다. 그리고 리들 부인에게는 로지라는 딸이 하나 있었다. 얘기를 빙빙 돌리지 않아도 독자 여러분은 이미 눈치를 챘을 것이다. 아이키는 로지를 짝사랑하고 있었다. 그의 머릿속은 오로지 로지에 대한 생각으로 가득 차 있었다. 로지야말로 약전에 준하는, 화학적으로 순수한 에센스의 복합제였다. 어떤 질 좋은 약품도 그녀에 필적할 만한 것은 없었다. 그러나 아이키는 내성적이었다. 그의 희망은 소심한 성격과 걱정이라는 용매 속에서 언제나 녹지 않은 채로 남아 있었다. 약국 안에서 아이키는 일국 일성의 왕으로서 전문 지식과 가치에 자신을 갖고 유유자적한 자세를 취하고 있었으나, 약국 밖으로 나오면 약품으로 얼룩진 펑퍼짐한 옷차림을 한 미적지근하고 둔감한 남자에 불과했다. 또한 설사약인 소코트라산 알로에나 악취 나는 암모니아 진정제 냄새가 잔뜩 밴 채로 운전자들한테 안 좋은 소리나 들으며 휘청휘청 길을 걷는 그런 위인이기도 했다.

한편 '향유 속의 파리'(역주 : '옥의 티'란 의미, 구약성경 〈전도서〉 10장 1절) – 이 얼마나 핵심을 찌르는 표현인가! – 같은 청년은 바로 청크 맥고언이었다.

맥고언도 로지가 던지는 그 빛나는 미소를 손에 넣으려고 고심하고 있었다. 그러나 맥고언은 아이키처럼 공이 날아오는 것을 기다리고 있는 외야수는 아니었다. 그는 타자가 친 공을 곧바로 잡아버리는 그런 인물이었다. 그는 아이키의 친구이기도 하고, 또 단골손님이기도 했다. 하룻밤을 바워리가에서 신나게 놀다가 다치면 소독약을 바르기 위해, 혹은 벤 상처에 반창고를 붙이기 위해 자주 블루라이트 약국에 들르곤 했다.

어느 날 오후의 일이다. 맥고언은 평소와 같이 아무 말 없이 태연하게 어슬렁거리며 약국에 들어왔다. 깨끗이 면도를 한 그의 뚜렷하고 잘생긴 얼굴에는 강인한 표정이 감돌았지만 선량한 인상을 주었다.

그는 둥근 의자에 걸터앉아 「아이키」 하고 불렀다. 그러자 그의 친구는 약절구를 가지고 와서 맞은편 의자에 앉아 안식향을 으깨어 가루로 만들기 시작했다.

「내 말 좀 잘 들어보게. 부탁이 있어. 혹시 가능하다면 꼭 만들어줬으면 하는 약이 있네.」

아이키는 평소대로 누군가와 싸워 다친 상처가 있는지 맥고언의 얼굴을 잘 살펴보았지만 오늘은 아무런 상처도 보이지 않았다.

「윗옷을 벗어보게.」

아이키가 말했다.

「대충 알 만하군. 칼로 늑골이라도 찔린 모양인데 그 이탈리아 놈들에게 언젠가는 당할 거라고 몇 번이나 얘기하지 않았나.」

맥고언은 씩 웃었다.

「그렇지 않아.」

그는 말했다.

「그놈들이 아니야. 하지만 제대로 보기는 봤네. 정말로 딱 적중했어. 상처는 윗옷 아래, 늑골 근처야. 저 말이지, 아이키. 로지와 나는 오늘 밤, 둘이 도망쳐서 결혼할 생각이야!」

약절구의 가장자리를 누르고 있던 아이키의 왼쪽 집게손가락에 무의식적으로 힘이 들어가, 사발을 세게 누르고 말았다. 그는 절굿공이로 닥치는 대로 사발을 콱콱 두드려대면서도 아픈 것도 느끼지 못했다. 한편 미소를 머금던 맥고언의 얼굴에는 이내 난처하고 우울한 표정이 깃들었다.

「하지만.」

그는 말을 이었다.

「'드디어' 하는 찰나에 그녀의 마음이 변하지 않아야 하네. 우리는 2주 전부터 도망칠 계획을 몰래 꾸미고 있었어. 그런데 그녀가 말일세, 점심때 도망가자고 해놓고는 그날 밤이 되면 꼭 안 된다고 말을 뒤집는 거야. 그래도 가까스로 오늘 밤으로 결정을 보았다네. 이번에는 요 이틀간 결심을 바꾸지 않더라고. 하지만 아직 도망칠 때까지는 다섯 시간이나 남아 있어. 나는 막상 그때 가서 그녀에게 뒤통수를 맞는 것은 아닌가 걱정이라네.」

「자네는 약을 지어달라고 했지?」

아이키가 물었다.

맥고언은 초조하고 난처한 표정을 지었다. 평소 그의 태도와는 정반대였다. 그는 안절부절못하며 매약 연감을 쓸데없이 자신의 손가락에 둘둘 감고 있었다.

「오늘 밤만큼은 백만 달러를 준다 해도, 몇 배로 큰 위험을 감수한다 해도 일을 그르칠 수는 없어.」

그는 말했다.

「나는 할렘에 작은 아파트를 하나 빌려놓았다네. 테이블에는 국화꽃을 장식하고, 난로 위에는 언제라도 커피를 끓일 수 있도록 주전자를 준비해놓았어. 게다가 우리의 결혼을 인정해주실 목사님께도 9시 반에 집에서 준비하시도록 부탁을 해놓은 상태야. 이제 뒤로 물러날 수는 없어. 오로지 로지가 생각을 바꾸지 않기만을 바랄 뿐이야!」

맥고언은 가련하게도 불안에 사로잡혀 말을 멈추었다.

「난 아직도 뭐가 뭔지 모르겠네.」

아이키는 퉁명스럽게 말했다.

「어째서 자네가 약 얘기를 꺼냈는지 말이야. 도대체 나더러 어떤 약을 조제해달라는 건가?」

「그녀의 아버지인 리들 영감이 나를 전혀 마음에 들어하지 않아.」

이 불안한 구혼자는 자신의 논지를 설득시키려고 열심히 설명했다.

「최근 일주일 동안 그 아저씨는 로지가 나하고는 한 발자국도 나가는 것을 허락해주지 않았다네. 하숙비만 아니라면 그 아저씨는 벌써 옛날에 나를 내쫓았을 거야. 나는 일주일에 20달러나 벌고 있으니까, 로지가 이 청크 맥고언과 도망을 쳐도 전혀 손해 볼 일은 없을 텐데 말이지.」

「미안하지만 청크.」

아이키가 말했다.

「난 지금 주문받은 약을 조제해야 해. 곧 찾으러 온다고 했어.」

「저…….」

맥고언은 쓱 얼굴을 들고 말했다.

「아이키, 뭐 이런 약이 없을까? 말하자면 여자가 그것을

마시면 상대방 남자에게 아주 반해버리는 그런 가루약 같은 것 말이지.」

아이키의 입가가 상대방을 비웃듯이 살짝 올라갔다. 그러나 그가 대답하기 전에 맥고언은 다시 말을 이었다.

「팀 레이시의 얘기로는, 언젠가 놈이 시내 주택가의 어느 의사에게서 그런 약을 구해다가 그것을 탄산수에 타서 자기 애인에게 마시게 했다더군. 그러자 세상에! 한 모금만으로도 녀석은 그 여자로부터 사랑을 받게 됐고, 그 아가씨에게 딴 남자들은 모두 하찮은 건달로 보이게 됐다네. 그 뒤 2주일도 안 되어 두 사람은 결혼했지.」

청크 맥고언은 강하고 결단력 있는 남자였다. 아이키보다 사람 보는 눈이 있는 사람이라면, 맥고언의 온몸이 가는 현을 팽팽하게 당긴 악기와도 같이 기운에 차 있는 것을 눈치 챘을 것이다. 적진을 공격하려는 용맹한 장군처럼 그는 일어날 수 있는 모든 실패에 대비하여 유비무환의 태세로, 그런 일은 절대로 일어나지 않게 하겠다는 각오를 하고 있었다.

「그래서 내가 생각해봤는데……..」

청크는 희망찬 목소리로 계속 말했다.

「그런 약을 하나 손에 넣어서 오늘 밤 저녁 식사 때 로지에게 마시게 하면, 로지에게 용기가 생겨서 도망칠 약속을 깨는 그런 짓은 안 하지 않을까 생각한다네. 뭐, 그녀를 끌어내는 데 노새를 두 마리나 동원할 필요는 없을 테지만 아무래도 여자라는 존재는 자신이 주자로 뛰기보다는 코치를 하는 편이 훨씬 낫거든. 그 약이 단지 두세 시간만이라도 효과가 있다면 그것으로 모든 문제는 해결될 텐데.」

「그런데 그 도망이라는 바보짓은 도대체 몇 시에 하기로 했나?」

아이키가 물었다.

「오늘 밤 9시야.」

맥고언이 말을 이었다.

「7시에 저녁 식사를 하고, 8시에 로지가 머리가 아프다는 핑계를 대고 침실로 가는 거야. 9시에 파벤자노 할아버지가 나를 자기 집 뒤뜰로 통과시켜주면, 거기 옆의 리들 아저씨 집 울타리 판자가 한 장 벗겨져 있어. 그곳을 통해 나는 로지의 방 창문 아래로 가는 거야. 그리고 그녀가 비상 사다리를 타고 내려오는 것을 도와주는 거지. 우리는 목사님이 기다리고 있어서 서둘러야 해. 신호를 보냈을 때 로지가 주저하지만 않는다면 그다지 어려운 일도 아닐 텐데. 어쨌든 그런 약을 한 봉지 만들어줬으면 하네, 아이키.」

아이키 셰인스타인은 천천히 코를 문질렀다.

「청크.」

그가 말했다.

「그런 약은 말이지, 약 중에서도 약사가 아주 주의를 기울여서 조제해야 하는 거야. 친구의 정으로 자네에게만 만들어주겠네. 알겠나? 자네를 위해서 만들어주는 거야. 잘 보게, 로지가 자네를 어떻게 생각하게 되는지.」

아이키는 조제대 뒤쪽으로 들어갔다. 거기에서 그는 4분의 1그레인의 모르핀을 함유한 가용성 정제 두 알을 갈아 으깨어 분말로 만들었다. 그것에 소량의 젖당을 넣어 분량을 늘리고, 그 혼합물을 하얀 종이로 잘 쌌다. 어른이 먹으면 그 약효로 몇 시간은 깊은 잠에 빠지게 될 것이 분명하나, 위험은 전혀 없는 것이었다. 이것을 그는 청크 맥고언에게 건네주며 가능하면 물에 타 먹이라고 귀띔했고, 뒤뜰의 로킨바(역주 : 월터 스콧의 시에 등장하는 주인공 청년)는 진심으로 감사의 뜻을 전했다.

아이키가 취한 교묘한 행동은 그 뒤 그의 움직임을 보면 분명해질 것이다. 그는 심부름꾼을 시켜서 리들 씨에게 맥고언과 로지의 도피 계획을 알려주었다. 리들 씨는 뚱뚱하게 살이 찌고, 빨간 벽돌 가루를 뒤집어쓴 것 같은 얼굴에, 행동을 예측할 수 없는 남자였다.

「은혜는 잊지 않겠네.」

그는 아이키에게 고마워했다.

「그 변변찮고 밥만 축내는 식충이 아일랜드 건달 녀석이 감히! 내 방은 바로 로지의 윗방이야. 저녁 식사가 끝나면 잽싸게 그곳으로 올라가서, 엽총에 총알을 장전하고 기다리고 있겠어! 녀석이 내 뜰 안으로 들어오기만 하면, 나갈 때는 결혼식 마차는커녕 구급차에 실려 나가게 해줄 테다!」

잠의 신 모르페우스의 품에 떨어져 몇 시간 동안 잠에 푹 빠져 있을 로지나, 예고를 받고 무장한 모습으로 기다리고 있을 피에 굶주린 그녀의 아버지를 생각하니 아이키는 자신의 연적이 바야흐로 좌절의 벼랑 끝에 서 있는 것이 느껴졌다.

그는 밤새 블루라이트 약국에서 일을 하면서 불의의 비보를 기다렸다. 그러나 아무런 소식도 오지 않았다.

다음 날 아침 8시에 낮 시간의 교대 약사가 왔다. 아이키가 그 일의 결과를 알기 위해 아주 급히 리들 부인의 집을 향해 한 발 내딛으려고 하는 순간, 이게 웬일인가! 가게를 한 걸음 나가자마자 청크 맥고언이 마침 멈춰 서 있던 시내 전차에서 뛰어 내려와 아이키의 손을 꽉 잡는 것이다. 그는 승리자의 미소를 띠고, 환희로 얼굴을 붉게 물들이고 있었다.

「성공이야, 성공!」

입이 해죽이 벌어지며 천국에라도 갔다 온 사람처럼 청크는 말했다.

「로지는 일분일초도 주저 않고 비상 사다리를 타고 내려왔어. 우린 9시 30분 15초에 목사님이 계신 곳에 무사히 도착했다네. 로지는 지금 아파트에 있어. 오늘 아침에는 파란 홈 웨어를 입고 달걀 요리를 만들어주었지. 아아! 나는 얼마나 행복한 사람인가! 이보게 아이키, 조만간 꼭 놀러 와 주게. 같이 식사라도 하자고. 나는 다리 바로 옆 부근에서 일자리를 구했어. 그래서 지금 그곳으로 가는 중일세.」

「그런데…… 그…… 가루약은?」

아이키가 더듬거리며 물었다.

「아아, 자네가 준 그 약!」

청크는 더 크게 웃으면서 말했다.

「그건 말이지, 이렇게 된 걸세. 지난밤 나는 저녁 식사 테이블에 앉아 로지를 보면서 나 자신을 타일렀어. '청크, 이 아가씨를 손에 넣고 싶으면 정정당당하게 해라. 좋아하는 여자에게 사기꾼 짓을 하는 건 안 돼' 하고 말이지. 주머니에는 자네가 준 그 약봉지가 들어 있었네. 그때 내 시선은 옆자리에 앉아 있는 다른 사람에게로 옮겨 갔지. 거기에서 나는 또 속으로 생각했어. '이 영감은 미래의 사위에게 충분한 애정을 갖고 있지 않다' 라고 말이지. 그래서 나는 기회를 봐서 그 가루약을 리들 영감의 커피 잔에 털어 넣어버렸다네. 어때?」

어느 바쁜 브로커의
사랑 이야기

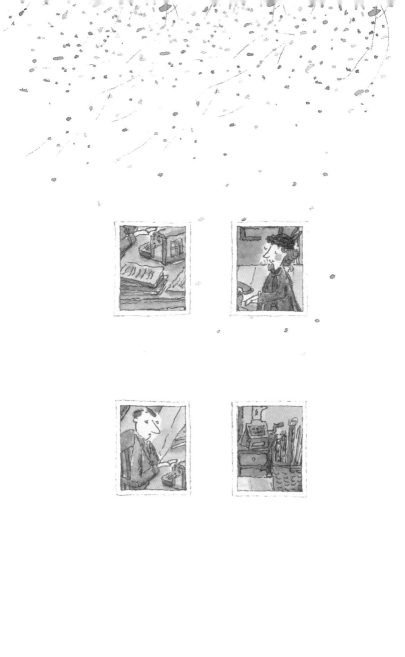

언제나 무표정한 비서 피처는 9시 반에 증권 브로커인 하비 맥스웰이 젊은 속기사 아가씨와 함께 사무실에 급히 들어오자, 놀라움과 호기심 어린 얼굴로 그들을 바라보았다.

「좋은 아침! 피처」라는 쾌활하고 씩씩한 인사와 함께, 맥스웰은 자신의 책상을 향해 뛰어넘을 듯한 기세로 다가가 그를 기다리고 있던 산더미 같은 편지와 전보를 읽기 시작했다.

뒤따라온 젊은 여자는 최근 1년간, 맥스웰의 사무실에서 속기사로 일하고 있었다. 그녀는 속기와는 전혀 인연이 없을 것 같은 단아한 아름다움을 지니고 있었다. 머리 모양도 화려한 퐁파두르(역주 : 앞머리를 높게 하는 머리형)가 아니라 단정했고, 목걸이나 팔찌나 로켓도 일절 하고 있지 않았다. 점심 초대에 쉽게 응할 것처럼 보이지도 않았다. 입고 있는 옷도 회색의 수수한 차림이었지만, 그녀의 모습과 아주 잘 어울렸다. 청초한 검은색 터번식 모자에는 금색과 녹색의 앵무새 깃털이 달려 있었다. 오늘 그녀의 얼굴엔 수줍음이 깃든 부드러운 표정과 기쁨의 빛이 감돌았다. 두 눈은 꿈이라도 꾸는 듯 반짝이고, 두 볼은 맑고 옅은 복숭아 색으로 물들어 있었으며, 추억을 담은 행복한 표정이 얼굴에 가득 넘치고 있었다.

피처는 오늘 아침 그녀가 평소와는 다르다는 것을 눈치 챘다. 그녀는 여느 때처럼 자신의 책상이 있는 옆방으로 곧장 가지 않고, 약간 주저하듯이 사장실에서 머뭇거리고 있었다. 그러다가 맥스웰이 그녀의 존재를 알아차릴 만큼 그의 책상 바로 옆까지 다가갔다. 그러나 책상에 앉아 있는 사람은 기계이지, 이미 인간이 아니었다. 바쁘게 돌아가는 톱니바퀴와 풀어지는 태엽에 따라 움직이는 바쁜 뉴욕의 증권 브로커였던 것이다.

「응, 뭐야? 무슨 일 있나?」

맥스웰은 급하게 물었다. 잡다한 것이 잔뜩 널려 있는 책상 위에 개봉된 편지가 무대 위에 뿌려지는 눈처럼 쌓여갔다. 그는 인간미가 없어진, 무뚝뚝하고 날카로운 회색빛 눈으로 냉담하게 그녀를 쏘아보았다.

「아무것도 아니에요.」

그녀는 이렇게 말하고 약간 미소를 지으면서 자리를 떠났다.

「피처 씨.」

그녀가 비서에게 말했다.

「어제 맥스웰 씨가 속기사를 한 사람 고용한다고 말하지 않았었나요?」

「그러셨어요.」

피처는 대답했다.

「한 사람 고용하라는 말씀을 하셨지요. 어제 오후에 소개소 쪽에 연락해서, 오늘 오전 중에 지원자 두세 명을 보내달라고 했어요. 벌써 9시 45분인데, 아직 챙이 넓은 모자도 파인애플 추잉검도, 누구 하나 모습을 보이지 않네요.」

「그렇다면 다음 사람이 올 때까지 평소대로 일해야겠군요.」

젊은 속기사는 말했다. 그리고 그녀는 바로 자신의 책상으로 가서 앵무새의 금색과 녹색 깃털이 달린 검은색 터번 모자를 평소 걸어두던 자리에 걸어놓았다.

바쁜 맨해튼의 증권 브로커가 일에 쫓기며 정신없이 돌아가는 광경을 본 적이 없는 사람은, 아마 인류학을 전공으로 택해선 안 될 것이다. '인생의 빛나는 충실한 한때'를 노래한 시인도 있었지만, 증권 브로커의 한때야말로 충실한 도를 넘어서 일분일초가 그야말로 제일 앞에서 맨 끝까지 콩나물시루처럼 꽉 메워진 만원 전차 같은 것이다.

게다가 오늘은 하비 맥스웰이 특히 바쁜 날이었다. 주식 시세 표시기가 발작하듯이 삑삑 소리를 내며 테이프를 풀어내고, 책상 위의 전화는 쉴 새 없이 계속 울려대고 있었다. 사람들이 우르르 사무실에 밀려들기 시작했다. 그들은 안의 칸막이 너머로 맥스웰을 향해 소리치거나, 흥분하거나, 날카롭게 말했고, 심부름하는 소년은 서신이나 전보를 들고 뛰면서 들락거리고 있었다. 사무실 직원들은 폭풍우가 몰아치는 바다 한가운데의 뱃사람들처럼 분주하게 움직이고 있었다. 심지어는 피처의 표정까지도 이와 비슷한 활기를 띠기 시작했다.

증권거래소에서는 허리케인이나 산사태, 눈보라나 빙하 충돌, 화산 폭발 등이 일어나는데, 브로커의 사무실에서도 이러한 천재지변과 같은 소동이 축소판으로 재현되고 있었다. 맥스웰은 의자를 벽 쪽으로 밀어붙이고, 발끝을 들어 춤추는 무용수 같은 모습으로 일을 해치우고 있었다. 또한 노련한 곡예사의 몸놀림으로, 주식시가 표시기에서 전화통으로, 책상에서 문간으로 민첩하게 움직이고 있었다.

이렇게 점점 상황이 급박해지고 긴장이 더해지는 와중에 타조 깃털 장식의 벨벳 모자 밑으로 높이 감아올린 금발 머리, 짧은 모조 가죽 코트, 길게 늘어진 히코리 호두 열매 같은 커다란 유리구슬 목걸이와, 그 끝에 매달린 하트 모양 은메달이 맥스웰의 눈에 띄었다. 이러한 장식품을 달고서 한 젊은 여자가 태연하게 서 있었다. 그리고 피처도 이 아가씨를 소개하기 위해 거기에 서 있었다.

「취직 관계로 속기사 소개소에서 보낸 분입니다.」

피처가 말했다.

맥스웰은 양손으로 서류와 주식시가 표시기의 테이프를 잡은 채 몸을 반쯤 돌렸다.

「일? 무슨 일?」

그는 눈살을 찌푸리며 물었다.

「비어 있는 속기사 자리 말이에요. 어제 사장님께서 오늘 오전 중으로 적당한 사람을 보내달라고 전화하지 않으셨어요?」

「무슨 잠꼬대를 하고 있어, 피처!」

맥스웰이 말했다.

「내가 그런 지시를 할 리가 없지 않은가? 미스 레슬리가 이곳에서 1년 동안 일을 잘해주고 있는데 말이지. 레슬리가 그만두지 않는 한, 속기 일은 계속 그녀가 맡아서 할 거야. 아가씨, 미안하지만 지금 자리가 없어요. 피처, 소개소에 연락해서 그 얘기는 취소해주기 바라. 그리고 더 이상 사람을 보내지 않도록 해줘.」

하트 모양 은메달을 한 여자는 잔뜩 화가 나서 사무실 기물에 이리 부딪치고 저리 걸리고 하면서 나갔다. 피처는 잠깐 틈을 보아 경리 직원에게, 사장이 정신을 놓고 다니는지 점점 건망증이 심해지는 것 같다고 불평을 했다.

일은 시간이 갈수록 점점 더 바빠지고, 속도는 더욱더 빨라져 갔다. 거래장에서는 맥스웰의 손님들이 거액의 투자를 한 여섯 종목 가량의 주식시가가 한창 오르고 있었다. 주식을 사고파는 소리가 쏜살같이 빠르게 교차되고 있었다. 맥스웰은 자신이 보유하고 있던 주식의 일부가 위험해지자, 고속 기어를 장착한 정교하고 강력한 기계처럼 기운차게 움직이기 시작했다. 극도로 긴장된 상태에서 초스피드로 운전을 하며, 게다가 한 치의 주저함도 없이, 빈틈없는 정확성과 정확한 언어, 시계태엽처럼 꼼꼼하고 힘 있는 결단과 행동을 잃지 않았다. 주식과 채권, 융자금과 저당, 보증금과 유가증권—여기에는 오로지 금융의 세계만이 존재할 뿐, 인간의 세계도 자연의 세계도 비집고 들어올 틈이 없었다.

점심때가 가까워짐에 따라, 요란하던 사무실도 약간의 소강상태를 맞았다.

맥스웰은 양손에 전보 뭉치와 메모를 잔뜩 들고 오른쪽 귀에 만년필을 꽂은 채, 머리카락은 이마에 마구 헝클어진 모습으로 책상 앞에 꼿꼿이 서 있었다. 그의 옆 창문은 활짝 열려 있었다. 눈을 뜬 대지의 현관에서, 상냥한 문지기인 봄의 여신이 산들바람을 보내오고 있었기 때문이다.

그리고 이 창에서는 지금 두둥실 바람을 타고 온 향기, 그렇다. 라일락의 어렴풋하고 달콤한 향기가 코끝에 감돌았다. 증권 브로커는 순간 그 향기에 사로잡혀 일손을 멈추었다. 이 향기는 미스 레슬리에게서 나는 그렇다, 이것은 오직 그녀만의 향기다.

이 향기를 타고 그녀가 눈앞에 선명히, 바로 손에 잡힐 듯이 떠올랐다. 금융의 세계는 갑자기 맥을 잃고 쪼그라들어, 작은 점이 되어 있었다. 지금 그녀는 옆방에 있다. 스무 발자국 떨어진 저편에 앉아 있다.

「그래, 지금 하자.」

맥스웰은 소리를 내어 말했다.

「지금 그녀에게 청혼을 하자. 어째서 좀 더 일찍 결심하지 못했을까.」

그는 공을 잡으려는 유격수처럼 저돌적으로, 사무실 안쪽으로 뛰어 들어갔다. 그리고 똑바로 속기사 아가씨의 책상을 향해 돌진했다.

그녀는 미소를 지으며 그를 올려다보았다. 그녀의 뺨은 옅은 홍조를 띠고 있었으며, 눈은 부드럽고 순수하게 빛나고 있었다. 맥스웰은 그녀의 책상에 팔꿈치를 기댔다. 양손에는 아직도 펄럭이는 서류 뭉치를 들고, 귀에는 만년필을 꽂고 있었다.

「레슬리 씨.」

그는 다급한 어조로 말했다.

「시간 여유가 없지만, 그 조금밖에 없는 틈을 타서 얘기하고 싶은 것이 있어요. 나의 아내가 되어주지 않겠어요? 너무 바빠서 다른 사람들처럼 데이트를 하며 청혼할 여유가 없었습니다. 하지만 정말로 나는 당신을 사랑하고 있어요. 빨리 대답해주세요. 부탁입니다. 저 사람들이 지금, 유니온 퍼시픽의 주식을 팔아치우려 하고 있으니까요.」

「어머, 당신 지금 무슨 말을 하고 있는 거예요?」

여자는 소리쳤다. 그리고 그녀는 자리에서 일어나 눈을

동그랗게 뜨고 그를 쳐다보았다.

「내가 무슨 말을 하는지 모르겠어요?」

맥스웰은 끈질기게 간청했다.

「부탁이에요. 나와 결혼해주세요. 나는 당신을 사랑하고 있어요, 레슬리 씨. 이 말을 하고 싶어서 일을 하다 말고 잠깐 틈을 내어 찾아온 겁니다. 벌써 저렇게 전화가 걸려 오고 있어요. 피처! 잠깐만 기다리라고 해줘. 레슬리 씨, 부탁이에요.」

속기사 아가씨의 반응은 아주 묘했다. 처음에는 어이없어 하다가, 이윽고 그 놀란 눈에서 눈물이 흘러내리기 시작했다. 그러더니 다음 순간 밝은 미소를 지으며 그녀의 한쪽 팔을 증권 브로커의 목에 부드럽게 감았다.

「이제야 겨우 알았어요.」

그녀는 상냥하게 말했다.

「정신없이 일하다가 잠시 다른 일은 완전히 잊어버리고 말았군요. 처음에 저는 깜짝 놀랐어요. 하비: 당신 생각 안 나요? 우리는 어젯밤 8시에 저 모퉁이에 있는 작은 교회에서 결혼식을 올렸잖아요.」

하그레이브스의
멋진 연기

육군 소령 펜들턴 탤벗은 모빌(역주 : 미국 앨라배마 주 남서부의 항구도시) 출신으로, 그의 딸 리디아 탤벗과 함께 워싱턴으로 이사하여 시내에서 제일 조용한 거리라는 곳에서도 50야드나 더 떨어진 곳에 있는 어느 집에서 하숙을 하고 있었다.

그 집은 벽돌로 지어진 고풍스런 집으로, 현관에는 높고 하얀 기둥들이 늘어서 있었다. 뜰에는 우뚝 솟은 아카시아 나무와 느릅나무가 빼곡하고, 철마다 개오동나무는 분홍빛 섞인 하얀 꽃잎을 잔디 위에 보슬비처럼 뿌렸다. 제법 큰 회양목 덤불이 울타리와 오솔길을 따라 정연히 늘어서 있었다. 탤벗 부녀의 눈을 즐겁게 한 것은 바로 이러한 남부풍의 양식과 경치였다.

이 살기 좋은 하숙집에 그들은 방을 빌렸다. 그리고 탤벗 소령의 서재도 빌렸다. 왜냐하면 그는 현재 그의 저서 〈앨라배마 주의 군인, 판사 및 변호사의 일화와 회고〉의 마지막 부분의 마무리 작업을 하고 있었기 때문이다.

탤벗 소령은 아주 오래된 남부 출신이었다. 그는 최근에 일어난 일들에 대해 거의 관심도 없을뿐더러, 그의 눈에 그런 것들은 뛰어난 면도 전혀 없었다. 그의 마음은 남북전쟁 이전의 시대를 살고 있었다. 당시에 탤벗의 집은 몇천 에이커에 달하는 질 좋은 목화밭과 그것을 경작하는 흑인 노예를 소유하고 있었다. 그 저택은 말 그대로 궁전과 같은 향응의 장으로서 남부의 귀족들을 손님으로 초대하고 있었다. 그가 여전히 지니고 있는 구시대의 오랜 자부심과 명예를 존중하는 마음, 격식을 차리는 해묵은 예의범절(여러분도 알다시피), 그가 아직 입고 있는 의상 등은 모두 당시의 유물인 것이다.

그의 의상은 확실히 근 50여 년 가까이 만들어진 적이 없는 것이었다. 소령은 키가 큰 편이었다. 그런데 그가 '절'이라 칭하는 멋지고 예스러운 인사를 할 때면, 그의 프록코트 자락은 마룻바닥까지 드리워졌다. 남부의 국회의원들이 입었던 프록코트나 챙이 넓은 모자에 오래전부터 익숙해져 있던 워싱턴 사람들에게도 이 긴 상의만은 경이로운 대상이었다. 하숙집의 거주자들 중 누군가는 이것에 '파더 허버드'(역주 : 단이 길고 헐렁헐렁한 부인용 가운. '마더 허버드(Mother Hubbard)' 대신 이렇게 유머러스하게 별명을 붙인 것)라는 이름을 붙였는데, 정말 이 옷은 허리선이 높고 밑단이 펄럭거리는 그런 옷이었다.

소령은 올이 풀리고 가슴이 많이 열린 주름 잡힌 셔츠에, 매듭이 한쪽으로 비뚤어진 작고 폭이 좁은 검은색 넥타이의 이상한 옷차림을 하고 있었지만, 바디먼 부인의 이 고급 하숙집에서는 사람들의 미소 속에서 환대를 받았다. 백화점 점원들은 자주 '그를 꾀어서' ─ 그들은 이렇게 표현하고 있었는데 ─ 그가 대단히 좋아하고 사랑하는 남부의 전통과 역사 이야기를 들려달라고 졸라대곤 했다. 그는 이 이야기를 할 때 자신의 책 〈일화와 회고〉에서 많이 인용했다. 한편 젊은이들은 자기들의 계획을 알아채지 못하도록 단단히 주의하고 또 주의했다. 왜냐하면 탤벗 소령은 예순여덟이라는 나이에도 불구하고 그 날카로운 회색빛 시선으로 상대방을 가만히 응시하면, 제아무리 뻔뻔한 젊은 사람이라도 얼굴을 들지 못했기 때문이다.

미스 리디아는 통통하게 살이 찐 작은 체구의 서른다섯 살 노처녀였다. 매끄럽게 빗어 단단히 비틀어 올린 머리는 그녀를 실제보다 더 나이 들어 보이게 했다. 그녀도 역시 고풍스러웠지만 그녀에게서는 소령에게서 뿜어져 나오는 남북전쟁 이전의 광채는 찾아볼 수 없었다. 그녀는 절약 정신이 몸에 배어 있었다. 때문에 집안 살림을 꾸려나간다든지, 지불 청구서를 갖고 온 사람들을 만난다든지 하는 일은 그녀가 도맡고 있었다. 소령은 하숙비 청구서나 세탁비 청구서와 같은 것들을 혐오스럽고 불쾌한 경멸의 대상으로 생각하고 있었다. 하지만 그것들은 끈질기고 또 쉴 새 없이 날아들었다. 어째서 그것들은 일괄적으로 언젠가 적당한 때에 ─ 예를 들어 〈일화와 회고〉가 출간되어 인세를 받게 되었을 때─한꺼번에 지불할 수 없을까, 하고 소령은 생각했다. 미스 리디아는 조용히 바느질을 계속하면서 말했다.

「돈이 있는 동안에는 지금처럼 조금씩 지불하도록 해요. 앞으로 언젠가는 한꺼번에 모아서 갚아주지 않으면 안 될지도 모르니까요.」

바디먼 부인의 집에서 하숙을 하는 사람들은 거의 점심 때는 밖에 나가 있었다. 대부분이 백화점 점원이거나 상인들이었기 때문이다. 그런데 그중에서 한 사람, 아침부터 밤까지 대부분 집에만 머물러 있는 남자가 있었다. 그는 헨리 홉킨스 하그레이브스─이 집 사람들은 모두 그의 이름을 이런 식으로 생략하지 않고 부르고 있다─라는 이름의 청년으로, 유랑 극단에서 일하고 있는 인기 배우였다. 보드빌(역주 : 춤과 노래 따위를 곁들인 가볍고 풍자적인 통속 희극)은 최근 수 년 사이에 좋은 평가를 받고 있었다. 게다가 하그레이브스 씨가 상당히 점잖고 예의 바른 청년이었기 때문에 바디먼 부인도 그에게 기꺼이 하숙집의 세를 내주었던 것이다.

하그레이브스는 무대 위에서 세계 각국의 사투리를 능숙하게 구사하면서 독일인, 아일랜드인, 스웨덴인, 흑인 등 자유자재로 변신할 수 있는 폭넓은 레퍼토리를 지닌 희극배우로 알려져 있었다. 그러나 하그레이브스 씨 자신은 대단한 야심가로, 본격적인 희극배우로 성공하고 싶다는 말을 자주 입에 올리곤 했다.

이 청년은 탤벗 소령을 아주 좋아했다. 이 노신사가 남부의 회고담을 시작하거나, 일화 중에서 가장 인상 깊은 얘기를 몇 가지 되풀이할 때는 반드시 하그레이브스가 듣고 있었다. 그는 소령의 청중 중에서 가장 열심히 경청했다.

처음 얼마 동안 소령은 '딴따라'—그는 뒤에서 청년을 이렇게 부르고 있었다—가 자신에게 다가오는 것을 꺼렸지만, 이윽고 청년의 붙임성 있는 태도와 노신사의 이야기에 대한 열렬한 관심이 그의 마음을 사로잡았다.

두 사람은 곧 아주 오랜 친구처럼 친해지게 되었다. 소령은 매일 오후 시간을 자신이 집필한 원고를 청년에게 읽어주는 데 보내곤 했다. 내용을 들으면서 하그레이브스는 에피소드 중간에 웃는 것도 잊지 않았다. 하그레이브스의 이러한 태도에 감동한 나머지, 소령은 어느 날 미스 리디아에게 그 청년은 옛 제도에 대한 놀라운 이해력과 존경심을 갖고 있다고 칭찬하기까지 했다. 그리고 둘이 대화를 하는 도중 옛날 이야기로 거슬러 올라가 탤벗 소령이 과거를 더듬기 시작하면, 하그레이브스는 넋을 놓고 이야기에 빠져 들었다.

과거를 얘기할 때에 대다수의 노인들이 그러하듯이 소령도 세세하고 자잘한 것까지 설명하는 것을 좋아했다. 예를 들어 그가 옛 농장주들의 일국의 왕과도 같은 호화롭기 그지없는 나날을 묘사하고 있을 때, 자신의 말을 끌어준 흑인의 이름이 생각나지 않으면 얘기는 더 이상 진도가 나가지 않았다. 그저 사사로운 일의 정확한 날짜라든가, 당시 한 해에 수확한 목화의 포대 수 같은 것을 기억해내지 못할 때에도 그랬다. 그러나 하그레이브스는 결코 초조해하거나 흥미를 잃는 일이 없었다. 오히려 자진해서 당시의 생활에 관련된 여러 가지 일을 물어보았다. 그리고 그것에 정확한 답을 끌어내는 데 실패한 적도 없었다.

가령 여우 사냥, 주머니쥐 요리, 흑인들의 숙소에서 펼쳐지는 스퀘어댄스 파티나 떠들썩한 축제, 초대장이 50마일 사방으로 뿌려지는 농장주 저택 거실에서의 향연, 근방의 남부 귀족들과의 사이에서 가끔 일어나는 불화 후에 사우스캐롤라이나 주 출신 스웨이트 가문의 남자와 결혼한 키티 차머스를 둘러싸고 소령과 래스본 칼버츤이 벌인 결투, 혹은 모빌 만에서 엄청나게 많은 돈을 걸었던 개인 요트 경주, 나이 많은 흑인 노예들의 기괴한 신앙심과 생활 습관, 그리고 충성심─이러한 것들이 모두 소령과 하그레이브스 두 사람을 하루에도 몇 시간씩 넋을 잃게 하던 화제였다.

때로 청년은 극장에서 자신의 순서를 끝내고 밤늦게 위층 소령의 방으로 찾아올 때가 있었다. 그러면 소령은 서재의 문에 나타나, 우스꽝스런 손짓으로 그를 불러들이곤 했다. 하그레이브스가 안으로 들어가면 작은 테이블이 있고, 그 위에는 주둥이가 홀쭉한 포도주 병이나 설탕 그릇, 과일, 수북하게 쌓아놓은 신선한 초록색 박하 등이 놓여 있었다.

「그래, 지금 깨달은 것인데.」

소령은 늘 이런 식으로 말을 꺼냈다. 그는 언제나 격식을 차렸다.

「자네가 하는 일은 필시 힘들 거야. 그래서 그 시인이 '피로에 지친 자연의 달콤한 안식의 손'(역주 : 영국의 시인, 에드워드 영의 시 구절)이라고 썼을 때 아마 생각하고 있지 않았나 싶은 것—다시 말해서, 우리 남부의 줄렙(역주 : 위스키에 설탕, 박하 등을 넣은 음료)을 하그레이브스 군에게 맛보게 해주면 어떨까 생각하는데.」

그가 줄렙을 만드는 것을 하그레이브스는 넋을 잃고 바라보았다. 그것을 만들기 시작한 소령은 그야말로 예술가의 경지에 도달해 있다고도 할 수 있었다. 그리고 그 순서에는 한 치의 오차도 없었다. 박하를 빻을 때의 교묘한 손놀림, 혼합물을 잴 때의 정밀함은 신의 경지에 이르렀고, 마지막에 초록색 잎과 대조되는 진홍색 과실을 곁들여 완성할 때의 그 놀라운 조심성! 그리고 잘 고른 귀리 빨대를 시원스레 음료수 아래로 던져넣고, 그것을 권할 때의 정중하고도 우아한 태도!

워싱턴에 정착한 지 4개월 정도 지난 어느 날 아침, 미스 리디아는 갖고 있던 돈이 거의 바닥나 버린 것을 깨달았다. 〈일화와 회고〉는 탈고한 상태였지만, 이 앨라배마의 감각과 위트에 넘치는 주옥같은 이야기에 달려드는 출판사가 없었던 것이다. 모빌에 아직 소유하고 있는 그들의 작은 집의 집세 수입도 최근 2개월간 연체되어 있는 상태였다. 이번 달 하숙비를 지불해야 할 날짜가 사흘밖에 남지 않았다. 미스 리디아는 아버지에게 의논을 했다.

「뭐? 벌써 돈이 떨어졌다고?」

깜짝 놀란 얼굴로 그는 말했다.

「기껏해야 얼마 안 되는 그런 푼돈 때문에 이렇게 늘 이러쿵저러쿵 말을 들어야 하니 정말 귀찮아서 견딜 수가 없구나. 정말이지, 난 말이다…….」

소령은 호주머니를 뒤졌다. 그리고 2달러짜리 지폐 한 장을 꺼냈다가 다시 조끼 주머니 속에 집어넣었다.

「그렇다면 조만간 어떻게든 하지 않으면 안 되겠군.」

그는 말했다.

「얘야, 내 우산 좀 가져다주렴. 시내에 좀 다녀와야겠다. 우리 구역 출신 의원인 풀검 장군이 내 책을 빨리 출간할 수 있도록 손을 써주겠다고 얼마 전에 약속해주었으니, 곧 그의 호텔에 가서 일이 어떻게 진행되고 있는지 알아봐야겠구나.」

미스 리디아는 쓸쓸한 미소를 지으며, 아버지가 '파더 허버드'의 단추를 채우고 나가는 것을 지켜보았다. 그는 평소 습관대로 현관 앞에서 잠시 멈추어 허리를 굽혀서 정중히 인사를 하고 나갔다.

그날 밤, 그는 어두워져서야 집에 돌아왔다. 풀검 의원은 소령의 원고를 검토해본 출판업자와 만났던 모양이다. 그러나 그 사람은 책의 곳곳에 드러나 있는 지역적인 편견과 계급적 편견 부분을 삭제하고, 에피소드를 지금의 반 정도로 줄인다면 출판해볼 의향이 있다고 말했다는 것이다.

소령은 이 말을 듣고 노발대발했다. 그러나 딸이 앞에 오자 곧 평정심을 되찾았다.

「아무래도 돈이 필요해요.」

미스 리디아는 콧잔등을 찡그리면서 말했다.

「아까 그 2달러를 주세요. 그 돈으로 제가 오늘 밤 랠프 삼촌에게 돈 좀 보내달라고 전보를 치겠어요.」

소령은 조끼의 주머니에서 작은 봉투를 끄집어내어 테이블 위에 던졌다.

그는 조용히 말했다.

「분별없는 짓인지도 모르겠지만 그 푼돈은 있으나마나 한 액수라서 오늘 밤에 상연하는 연극 표를 사버렸어. 리디아, 새로 만든 전쟁 드라마란다. 워싱턴에서의 첫 무대를 보면 너도 좋아할 거라고 생각해서 말이다. 이번 연극에서는 남부를 아주 공평하게 그린 모양이더라. 그런데 솔직히 말하자면, 실은 내가 그 공연을 꼭 보고 싶었단다.」

미스 리디아는 절망에 빠진 몸짓으로 말없이 두 손을 들어 올렸다.

그러나 표는 이미 사버린 것이니까 사용하는 편이 낫다고 생각했다. 이러한 연유로 그날 밤 두 사람은 극장을 울리는 쾌활한 전주곡에 귀를 기울이게 되었다. 이렇게 앉아 있

으니 미스 리디아도 잠시 동안 집안 걱정은 다음으로 밀어
두자는 생각이 들었다. 소령은 깨끗이 손질한 리넨 소재의
와이셔츠를 입고, 그 이상야릇한 프록코트는 단추를 잘 채
운 부분만을 보이고 앉아 있었다. 백발을 가지런히 빗어 내
린 그는 그날따라 한층 품위가 돋보였다. '매그놀리아 꽃'
이란 연극의 제1막이 오르고 남부의 전형적인 대농장 풍경
이 펼쳐졌다. 탤벗 소령은 얼굴에 흥미의 빛
을 띠었다.

「어머, 보세요!」

미스 리디아는 자신도 모르게 목청을
높이고, 아버지의 팔을 살짝 찌르면서 그
녀의 팸플릿을 가리켰다.

소령은 안경을 쓰고, 딸이 손가락으로 가리키고 있는 배
역 부분을 읽었다.

'육군 대령 웹스터 캘훈 역—H. 홉킨스 하그레이브스.'

「우리 집에 사는 그 하그레이브스 씨예요.」

미스 리디아가 말했다.

「그분이 소망하던 이른바 본격 무대에 처음으로 서게 됐
나 봐요. 정말로 잘된 일이에요.」

제2막까지 웹스터 캘훈 대령은 등장하지 않았다. 그러나
이윽고 그가 무대에 등장하자, 탤벗 소령은 신음 소리와 함
께 배우를 노려보고, 온몸이 얼어붙은 듯한 표정으로 딱딱
하게 굳어졌다. 미스 리디아는 비명에 가까운 짧은소리를

지르고는, 손에 쥐고 있던 팸플릿을 구겨버렸다. 왜냐하면
캘훈 대령이 탤벗 소령과 거의 똑같은 분장을 하고 나타났
기 때문이다. 끝이 구불거리는 길고 듬성듬성한 백발이며
기품 있는 오뚝한 코, 올이 풀리고 가슴이 넓게 벌어진 주름
잡힌 와이셔츠, 한쪽 귀밑까지 매듭이 돌아가 있는 나비넥
타이, 이 모든 것이 소령의 모습을 그대로 옮겨놓았다고 해
도 과언이 아니었다. 게다가 이 모방에 완벽을 기하기 위해
서 그는, 이 세상에 둘도 없는 소령의 프록코트와 똑같은 것
을 입고 있었다. 높게 세운 깃, 높은 허리선, 밑단이 넓고 전
체적으로 헐렁하며 뒤쪽보다 앞쪽이 1피트나 길게 늘어진
그 긴 코트의 디자인은, 다른 어떤 견본에서도 찾아볼 수 없
는 것이었다. 이때부터 소령과 미스 리디아는 무언가에 홀
린 사람처럼 앉아서 그 거만한 가짜 탤벗의 연기에서 눈을
떼지 못했다. 나중에 소령은 이때의 일을 「나
의 명예는 부패한 연극의 진흙탕 속을 질질
끌려 다녔다」라고 형용했다.

하그레이브스는 호기를 잘 이용한 것이었다.
소령이 얘기하는 모습이나 악센트, 억양의 아주
작은 특징, 또 예스러운 인사법까지 완전히 포
착했다. 그것들을 하나하나 극의 의도에 따라 과장해 보인
것이었다. 소령이 여러 종류의 경례 중 최고라고 생각하고
있는 그 경이로운 인사법을 그가 연기했을 때에는 관객들로
부터 와하고 우레와 같은 박수갈채가 일어나더니, 한참을

멈출 줄을 몰랐다.

미스 리디아는 감히 자기 아버지를 쳐다보지도 못한 채 꼿꼿하게 앉아 있었다. 때때로 그녀는 아버지 쪽으로 뻗치고 있던 자신의 손을 뺨에 갖다 대곤 했다. 탐탁지 않게 생각하는 연기이지만, 터져 나오는 웃음을 도저히 억누르기가 힘들었던 것이다.

하그레이브스의 맹랑한 모방은 제3막에서 극에 달했다. 캘훈 대령이 근처의 농장주들을 초대해 자신의 사랑방에서 접대하는 장면이었다.

그는 무대 중앙에 놓여 있는 테이블 앞에 서 있고 친구들은 그를 중심으로 가까이 모여 있었다. 그는 손님들을 위해 익숙한 손놀림으로 줄렙을 혼합하면서, '매그놀리아 꽃'에서도 특히 유명한, 그 독특하고 장황한 독백을 늘어놓는 것이다.

탤벗 소령은 잠자코 앉아 있었지만, 분노로 얼굴이 백지장처럼 하얗게 변해 있었다. 무대 위에서는 자신이 간직해둔 이야기가 여러 번 공개되고 그의 특별한 이론이나 화제가 끌어내어지고 꼬리가 붙여졌다. 〈일화와 회고〉의 제일 좋은 부분도 화제로 제공되었고, 거기에 과장과 왜곡이 덧붙여졌다. 그의 무용담―래스본 칼버츤과의 결투 장면―도 빠뜨리지 않았다. 게다가 소령 자신이 쏟아 부은 열성과 자부심과 품격 이상으로 그것을 표현하고 있는 것이었다.

이 독백은 줄렙 만드는 법을 직접 실연에 옮기며 혼합법에 관한 독특하고 재미있고 기지에 넘치는 짧은 강의로 끝을 맺었다. 이 실연에 있어서는 탤벗 소령의 미묘하면서도 화려한 손놀림이―「여러분, 1그레인(0.0648그램)의 천 분의 1만 더 짜내도 이 천혜의 식물이 갖는 향기 대신 쓴맛이 나오게 되지요」라는 대사와 함께 향기로운 풀을 우아하고 아름다운 손놀림으로 선별하는 것에서부터 귀리 빨대를 아주 신중하게 선택하는 단계에 이르기까지―한 치의 오차도 없이 재현되었다.

막이 내리자, 극장 안은 관객들의 우렁찬 박수갈채로 떠나갈 듯했다. 이 전형적인 인물의 연기가 너무나도 실감 나고 정확하고 철저했기 때문에 오히려 극의 중심인 주역들이 완전히 잊힐 정도였다. 하그레이브스는 몇 번이나 관객들의 박수에 이끌려 커튼 앞으로 나와 인사를 했다. 어린애 같은 표정을 짓고 있는 그의 얼굴은 성공을 감지하고 상기되어 있었다.

드디어 미스 리디아는 고개를 돌려 소령의 얼굴을 쳐다보았다. 그의 작은 콧구멍은 물고기의 아가미처럼 벌렁벌렁 움직이고 있었다. 그는 일어나려고 바들바들 떨리는 두 손을 의자 팔걸이에 올려놓았다.

「리디아, 가자.」

그가 목멘 소리로 말했다.

「세상에 이런 끔찍한……. 이건 너무나도 어처구니없는 모독이야.」

미스 리디아는 그가 일어나려고 하자 얼른 아버지를 자리에 끌어 앉혔다.

「끝날 때까지 있어요.」

그녀는 단호하게 말했다.

「진짜 프록코트를 사람들 눈에 띄게 해서 연극을 선전하고 싶으세요?」

그래서 두 사람은 결국 연극이 끝날 때까지 자리를 지키고 앉아 있었다.

하그레이브스는 일이 잘되어서 그날 밤은 늦게까지 사람들 틈에서 빠져나올 수 없었을 것이다. 아침 식사 때도, 점심 식사 때도 그는 모습을 보이지 않았다.

그날 오후 3시경이 되어서, 그는 탤벗 소령의 서재 문을 두드렸다. 소령이 문을 열자 하그레이브스는 양손 가득히 조간신문을 들고 들어왔다. 그는 승리의 기쁨으로 가슴이 벅찼기 때문에, 소령의 태도에 뭔가 평소와 다른 점이 있다는 것을 눈치 채지 못했다.

「지난밤엔 대성공이었어요.」

그는 의기양양한 태도로 말을 시작했다.

「제 연기가 관객들에게 감동을 준 모양이에요. 〈포스트〉지를 보세요. 여기에 이렇게 쓰여 있어요. '구시대의 남부 육군 대령에 대한 그의 지식과 묘사는 우스꽝스러운 호언장담, 이상한 옷차림, 특색 있고 재미난 말투와 구절, 가문에 대한 곰팡내 풍기는 자부심, 실로 아름다운 마음, 까다로운 명예심, 사랑스러운 단순함 등과 어울려 오늘날의 무대에 있어서 인물의 성격 연기를 가장 훌륭하게 소화해낸 것이다. 캘훈 대령이 입은 프록코트만 해도 천재성의 발로임에 틀림없다. 하그레이브스 씨는 관객을 완전히 사로잡았다.' 어떻습니까? 상연 첫날의 결과로서 어떻게 생각하세요?」

「영광스럽게도.」

소령의 목소리는 불길할 정도로 냉랭하게 울렸다.

「지난밤 자네의 극히 훌륭한 연기를 이 눈으로 자세히 보았다네.」

하그레이브스는 당황하는 모습이었다.

「오셨었나요? 이거, 몰랐습니다. 아니, 연극을 좋아하시는 줄 몰랐습니다. 놀랐어요, 탤벗 소령님.」

그는 솔직하게 말했다.

「언짢게 생각하지 마세요. 사실 여러 가지로 참고가 될 만한 점을 어르신께 배웠습니다. 덕분에 그 역을 소화하는 데 기막히게 도움이 되었습니다. 그러나 그것은 아시다시피 하나의 타입이지 특정한 개인이 아닙니다. 그것은 관객이 받아들이는 태도에서도 분명히 나타납니다. 그 극장의 단골 관객 중 절반은 남부 사람인데, 그 사람들이 이것을 인정하고 있었으니까요.」

「하그레이브스 군.」

소령이 말했다. 그는 아까부터 쭉 서 있었다.

「자네는 나한테 용서받을 수 없는 무례를 범했네. 자네는 '나'라는 인물을 우습게 만든 거야. 내 신뢰를 완전히 배반하고, 게다가 나의 호의를 원수로 갚았어. 자네가 신사의 진정한 도리란 무엇인지, 즉 진짜 신사란 어떤 것인가 하는 것을 조금이라도 아는 사람이라면, 내 비록 나이는 들었지만 자네에게 결투를 신청했을 것이네. 이 방에서 나가주었으면 좋겠군.」

청년은 좀 당황하고 있는 것 같았다. 그는 노신사의 말뜻을 충분히 이해할 수 없었던 모양이다.

「이렇게 화를 내실 줄은……. 기분 나쁘셨다면 정말 죄송합니다.」

그는 유감스러운 얼굴로 말했다.

「우리 이곳 북부 사람하고 어르신네하고는 아무래도 사물에 대한 견해가 다른 것 같군요. 자신의 모습이 무대에서 연기되고 그것을 대중이 인정해준다면, 자기 집의 절반을 팔아도 좋다는 사람들이 있습니다.」

「앨라배마 주 사람은 그렇지 않아.」

소령은 거만하게 말했다.

「그럴지도 모릅니다. 저는 기억력이 꽤 좋은 편인데, 소령님의 저서에서 몇 구절 인용하도록 하겠습니다. 그래요. 밀레지빌이었다고 기억하는데, 거기에서 베풀어진 연회 석상의 건배에 답하여 소령님은 이렇게 말씀하셨습니다. 그리고 이 말은 활자화해둘 생각이셨죠. '북부 사람들에게는 정이라든가 인간적인 따뜻함이 전혀 없다. 단, 자신의 상업적인 이익에 관계가 있다면 얘기는 다르다. 자신의 명예, 혹은 자신이 사랑하는 사람의 명예에 대해 어떠한 모욕이 가해지더라도 그것이 금전적 손실을 초래하지 않는다면 아무런 분노도 드러내지 않고 그것을 참는다. 자선에는 돈을 아끼지 않지만, 그 사실을 세상에 알리기 위해 황동 판에 새겨놓아 대서특필하는 요란한 선전이 동반되지 않으면 안 되는 것이다.' 어떻습니까? 이 해석이 지난 밤 캘훈 대령에 대해 보신 것과 비교해서 더 공평한 것이라고 생각하십니까?」

「그 해석은.」

소령은 얼굴을 찡그리면서 말했다.

「아니, 전혀 근거가 없지는 않지. 어느 정도의…… 아니, 대중 앞에서 얘기할 때에는 판단의 자유는 허용되어야 하는 걸세.」

「그리고 대중 앞에서 연기를 할 때에도 마찬가지죠」 하고 하그레이브스는 응수했다.

「아니, 그것은 요점이 다르지.」

소령은 완고하게 주장했다.

「자네 연기는 한 개인을 희화화한 것이었네. 이건 결코 간과할 수 없어.」

「탤벗 소령님.」

하그레이브스는 애교 섞인 미소를 띠면서 말했다.

「모쪼록 저를 이해해주셨으면 합니다. 저는 소령님을 모

욕하려는 생각은 털끝만큼도 없었어요. 제
직업은 인간의 모든 삶을 다룹니다. 저는
갖고 싶은 것, 손에 넣을 수 있는 것을 하
나하나 취합니다. 그리고 취한 것은 무대
위에서 다시 돌려줍니다. 그러나 소령님이 그렇게 생각하신
다면 그렇다고 해두지요. 그런데 오늘 제가 들른 것은 다른
일 때문입니다. 최근 몇 개월간 소령님과 저는 꽤 가깝게 지
내왔습니다. 여기에서 또 어르신을 화나게 하는 일이 될지
도 모르겠지만, 실은 소령님이 돈이 필요하시다는 것을 알
게 되었습니다. 어떻게 알게 되었는지는 신경 쓰지 말아주
세요. 하숙집이란 데는 그런 것을 비밀로 해둘 수 없는 곳이
죠. 그런데 그 곤경에서 벗어날 수 있는 도움을 제가 드렸으
면 합니다. 저 자신도 지금까지 그런 어려움이 많이 있었습
니다. 하지만 요즘 저는 급료를 많이 받고 있습니다. 저축도
좀 했어요. 그러니 사양 말고 2백 달러라도, 아니 그 이상이
라도 좋으니 제가 빌려드리겠습니다. 형편이 나아질 때까지
만요.」

「당장 그만두게!」

소령은 한쪽 팔을 뻗으며 단호하게 명령했다.

「그래, 내 책에 거짓은 없었네. 자네는 돈을 고약으로 알
고, 명예를 해쳐도 그것으로 고칠 수 있다고 생각하고 있어.
어떤 사정이 있어도 나는 우연히 알게 된 사람에게서 빚을
지지는 않네. 말하자면 자네 같은 사람들이 지금 논의되고

있는 문제를 금전적으로 처리해달라며 말도 안 되는 부탁을 해온다면, 그것을 고려하느니 차라리 굶어 죽겠네. 다시 말하겠는데, 이 방에서 당장 나가주게.」

하그레이브스는 결국 아무 말 없이 자리를 떠났다. 그는 그날 하숙집에서도 떠났다. 저녁 식사 때 바디먼 부인의 설명에 의하면, 일주일간 '매그놀리아 꽃'을 공연할 예정인 시내 극장 근처로 이사했다는 것이다.

탤벗 소령과 미스 리디아의 경제적 상황은 위기에 처해 있었다. 아무리 워싱턴이 넓다고 해도, 소령이 거리낌 없이 돈을 빌릴 만한 사람은 한 명도 없었다. 미스 리디아는 삼촌인 랠프에게 편지를 썼지만, 그도 궁핍한 상태였기 때문에 도움을 받을 수 있을지는 의심스러웠다. 소령은 다소 곤혹스런 태도로 '집세의 체납'과 '송금의 지연'을 언급하며, 방세의 지불이 늦어지는 것에 대해 바디먼 부인에게 구차한 변명을 늘어놓을 수밖에 없었다.

그런데 구원의 손길은 전혀 예기치 않은 곳에서 찾아왔다.

어느 날 오후 늦게, 한 흑인 노인이 탤벗 소령을 만나러 와 있다고 아래층의 문지기 하인이 알려왔다. 소령은 자기 서재로 그를 들여보내도록 했다. 흑인 노인은 곧 문 앞에 모습을 나타냈다. 한쪽 손에 모자를 들고 인사를 하면서, 어설픈 동작으로 한쪽 발을 뒤로 끌었다. 그는 품이 큰 검정색 재킷을 아주 단정하게 입고 있었다. 값싸 보이는 커다란 구두는 난로에 왁스를 칠한 것처럼 요란한 광택을 발하고 있었다. 덥수룩한 짧은 고수머리는 백발이 섞여 아니, 거의 흰색에 가까웠다. 중년이 지난 흑인의 연령은 좀처럼 알기 힘든 것이다. 이 흑인의 나이는 얼추 탤벗 소령 정도로 보였다.

「펜들턴 나리, 나리는 필시 소인을 기억하고 계시겠지요?」

이것이 그의 입에서 나온 첫마디였다.

소령은 옛날의 이 그리운 호칭에 벌떡 일어나 앞으로 다가섰다. 그는 틀림없이 옛 농장에서 일하던 흑인이었다. 그러나 지금은 모두 사방으로 뿔뿔이 흩어져 소령은 목소리도 얼굴도 기억나지 않았다.

「내가 기억할 수 있도록 자네가 좀 도와주지 않겠나?」

그는 온화한 목소리로 부탁했다.

「아무래도 기억이 잘 안 나는걸.」

「펜들턴 나리, 신디의 남편 모즈를 기억하지 못하시는지요? 전쟁 직후에 이사를 갔던…….」

「글쎄, 누구더라…….」

소령은 손가락 끝으로 이마를 문지르면서 말했다. 그는 무엇이든 가장 좋았던 그 시절과 연관된 것을 떠올릴 때면 기쁨을 느꼈다.

「신디의 모즈라…….」

그는 골똘히 생각에 잠겼다.

「자넨 말을 돌보는 일을 했었지. 조랑말을 길들이던, 그래. 생각났어! 패전 후 자네는 이름을…… 아니, 가만히 있어봐……. 미첼이라는 이름으로 바꾸고, 서부로 갔지……. 그래, 네브래스카 주로.」

「맞습니다, 나리. 맞습니다.」

흑인 노인은 기쁜 듯이 이를 드러내며 얼굴 가득히 웃음을 띠었다.

「그 사람입니다. 그곳이에요. 네브래스카입니다. 네, 바로 소인입니다. 모즈 미첼입니다요. 모즈 미첼 아저씨, 지금은 모두 그렇게 부릅지요. 나리의 아버님께서 헤어질 때, 장사 밑천으로 삼으라고 저에게 어린 노새를 한 쌍 주셨습니다. 그 노새 새끼들을 기억하고 계십니까, 펜들턴 나리?」

「글쎄……. 잘 생각이 나지 않는군.」

소령은 말했다.

「나는 전쟁 첫해에 결혼해서 그 옛날의 폴린스비에서 살고 있었으니까. 자, 앉게나 모즈. 어서 앉아. 정말 잘 왔어. 그래, 형편은 좀 나아졌는가?」

모즈 아저씨는 의자에 앉자 모자를 마루 위에 조심스럽게 놓았다.

「그렇습니다요, 나리. 요즘은 무척 잘되어 가고 있습죠. 제가 처음 네브래스카에 갔을 때에는 그곳 사람들이 노새의 새끼를 보겠다고 일부러 제가 있는 곳까지 찾아왔었습니다. 네브래스카 사람들은 그런 노새를 본 일이 없으니까요.

하그레이브스의 멋진 연기

저는 그 노새를 3백 달러나 받고 팔았습니다요. 예, 맞습니다. 3백 달러예요. 그리고 나서 나리, 저는 대장간을 시작했습죠. 그리고 돈도 좀 벌어서 땅을 샀습죠. 저와 마누라는 개구쟁이 자식을 일곱 명이나 낳았지요. 둘은 죽었지만 나머지 자식들은 모두 건강하게 살고 있습니다. 4년째 되던 해에 철도가 놓여지게 되어서 제 땅 한가운데가 마을이 되었습니다. 펜들턴 나리, 이 모즈는 지금 현금과 집과 토지를 전부 합쳐 만 천 달러의 부자가 되었습니다요.」

「그래, 그거 잘됐군.」

소령은 진심으로 기뻐했다.

「정말로 잘됐어.」

「그런데 펜들턴 나리, 나리의 그 귀여운 아가씨―나리께서 리디아 아가씨라고 이름을 지으셨죠―그 작은 아가씨도 이제는 장성했겠습니다? 누가 봐도 알아볼 수 없을 정도로 말입니다.」

소령은 문 쪽으로 걸어가더니 리디아를 불렀다.

「리디아, 이리로 좀 건너와 보거라.」

그러자 어른이 다 된, 그리고 약간 수척한 미스 리디아가 그녀의 방에서 나왔다.

「이야, 이거 참! 제가 말한 대로군요. 틀림없이 아가씨는 무럭무럭 자라서 이렇게 어른이 되었을 거라고 생각했습니다. 아가씨, 이 모즈 아저씨를 기억하시겠습니까?」

「리디아, 신디 아줌마의 남편 모즈란다.」

소령은 설명했다.

「네가 겨우 두 살밖에 안 됐을 때, 서니메드 농장을 떠나 서부로 갔었지.」

「그렇군요.」

미스 리디아는 말했다.

「두 살이라면 모즈 아저씨를 기억한다는 것은 무리네요. 아저씨 말대로 저는 '무럭무럭 자라서 어른이' 되었어요. 상당히 오래전 일이군요. 하지만 기억하지 못해도 이렇게 만나 뵙게 돼서 정말로 반가워요.」

그녀는 진심으로 기뻐했다. 소령도 마찬가지였다. 무언가 생생한 실체가 그들을 행복한 과거로 돌아갈 수 있게 해준 것이었다. 세 사람은 의자에 앉아, 옛 시절의 이야기를 서로 나누었다. 소령과 모즈 아저씨는 대농장의 풍경이나 그 시절의 일을 떠올려서 그리운 추억을 회상하기도 하고, 서로 기억을 바로잡기도 했다. 소령은 그에게 무슨 일로 이렇게 먼 곳까지 왔냐고 물었다.

「이 모즈는 말이죠. 대표 위원입니다요.」

그는 설명했다.

「이 시에서 열리는 침례교 집회에 참석할 예정입죠. 저는 한 번도 누구 앞에서 설교라 는 것을 해본 적이 없지만, 교회에서는 장로 이고, 또 비용을 부담할 수 있는 형편이기에 제가 온 것입니다요.」

하그레이브스의 멋진 연기

「그런데 우리가 워싱턴에 있다는 것을 어떻게 알았죠?」

미스 리디아는 물었다.

「제가 묵은 호텔에 모빌 출신의 흑인이 일하고 있었는데 말이죠. 그가 어느 날 아침, 여기 이 집에서 펜들턴 나리가 외출하시는 것을 보았다고 얘기해줬습죠. 실은 소인이 여기에 이렇게 찾아온 것은……」

모즈 아저씨는 주머니에 손을 넣으면서 계속 말을 이었다.

「다른 고향 사람들을 만나는 것 외에…… 실은 펜들턴 나리에게 진 빚을 갚기 위해서 찾아온 것입니다요.」

「나에게 빚을 졌다고?」

소령은 깜짝 놀라 물었다.

「그렇습니다요, 나리. 3백 달러입니다.」

그는 소령에게 둥글게 묶은 지폐 뭉치를 건넸다.

「제가 떠날 때 나리의 선친께서 말씀하셨습니다. '모즈, 그 노새 새끼를 갖고 가게. 돈은 형편이 닿는 대로 돌려줘도 되네.' 예, 바로 이렇게 말하셨습니다요. 그런데 전쟁으로 나리 선친의 가세도 기울어지게 되었습죠. 주인님은 아주 옛날에 세상을 떠나셨으니까, 이 돈은 펜들턴 나리께 돌려드리도록 하겠습니다요. 3백 달러입니다. 모즈도 지금은 편하게 돌려드릴 수 있습니다. 철도 일로 소인의 땅을 팔았을 때, 노새 새끼 값으로 지불할 돈을 남겨두었습죠. 펜들턴 나리, 한번 세어보십쇼. 노새를 판 돈입니다요. 그렇습니다요.」

탤벗 소령의 두 눈에 눈물이 가득 맺혀 빛났다. 그는 모즈 아저씨의 손을 잡고, 또 한쪽 손으로는 어깨를 감쌌다.

「아아, 마음씨 착한 충복이여.」

그는 떨리는 목소리로 말했다.

「실은 이 '펜들턴 나리' 는 일주일 전에 마지막 남은 돈을 모조리 다 써버리고 말았다네. 모즈, 이 돈은 고맙게 받도록 하겠네. 이것은 어떤 의미에서 빚을 돌려주는 것과 동시에, 옛 남부의 제도에 대한 충의와 헌신의 표시이기도 하니 말일세. 리디아, 네가 받아두거라. 돈 관리는 네가 나보다 낫잖니.」

「넣어두세요, 아가씨.」

모즈 아저씨가 말했다.

「이것은 아가씨 것입니다요. 탤벗 나리의 돈입니다요.」

모즈 아저씨가 돌아간 후, 미스 리디아는 너무 기쁜 나머지 목 놓아 울었다. 소령은 방구석 쪽으로 얼굴을 돌리고, 도제 파이프 담배를 뿜어댔다.

그 다음부터 탤벗 소령 집에는 다시 평화와 안식이 찾아들었다. 미스 리디아의 수척했던 얼굴도 차츰 피기 시작했다. 소령은 프록코트를 새로 맞췄는데, 그 모습은 마치 옛 황금시대의 추억을 재현한 밀랍 인형과도 같았다. 〈일화와 회고〉의 원고를 읽어본 다른 출판업자는 타당성이 결핍된 부분을 약간 수정하고 분위기를 누그러뜨리면, 꽤 재미있어서 잘 팔릴 것이라고 판단했다. 전체적으로 일은 잘되어 가

고 있었고, 서서히 맛보는 희망의 빛은 행복을 손에 넣은 것
보다 더 감미로웠다.

한 조각 행운이 그들 곁에 날아온 지 일주일쯤 지난 어느
날, 하녀가 미스 리디아의 방으로 편지 한 통을 가져왔다.
봉투에 찍힌 소인을 보니 뉴욕에서 온 것이었다. 뉴욕에는
아는 사람이 아무도 없었기 때문에, 미스 리디아는 궁금해
하면서 테이블 옆에 앉아 가위로 편지를 뜯었다. 내용은 이
러했다.

탤벗 아가씨

저의 행운을 듣고 기뻐하시리라 생각합니다.
저는 뉴욕의 한 극단에서 '매그놀리아 꽃'
의 캘훈 대령 역에 주 2백 달러라는 제의를
받고, 그 제의를 수락하게 되었습니다.

그리고 또 한 가지 전해드릴 일이 있습니다. 탤벗 소령님
께는 얘기하지 않는 편이 좋을 듯합니다. 실은 그 역할을
연구하는 데 소령님의 도움을 많이 받았고, 또 그것 때문에
대단히 불쾌감을 드리기도 했기에, 이런저런 이유로 보답
을 해드렸으면 하고 전부터 생각하고 있었습니다. 소령님
은 제 호의를 거절하셨지만 다행히 제 뜻을 이룰 수 있게
되었습니다. 저는 어렵지 않게 그 3백 달러를 전해드릴 수
가 있었으니까요.

147

그럼 안녕히.

—H. 홉킨스 하그레이브스 올림

추신 : 제가 연출해낸 모즈 아저씨의 연기는 어땠는지요?

　탤벗 소령은 복도를 지나면서 미스 리디아의 방문이 열려 있는 것을 보고 걸음을 멈추었다.

「리디아, 오늘 아침에 무슨 편지 온 것 없더냐?」

　소령이 물었다.

　미스 리디아는 편지를 치마 주름 밑에 살짝 밀어 넣어 감추었다.

「앨라배마에서 〈모빌 크로니클〉 신문이 왔어요.」

　그녀는 재빨리 말했다.

「아버지 서재 책상 위에 놓아두었어요.」

녹색 문

당신이 저녁 식사를 한 후 담배를 한 개피 피우는 10분 동안, 기분 전환으로 가벼운 쇼라도 볼까, 아니면 극장에서 괜찮은 연극 한 편을 볼까, 방황하면서 브로드웨이를 걸어가고 있다고 생각해보자.

갑자기 당신의 팔에 누군가의 손이 와 닿는다. 돌아보니 번쩍거리는 다이아몬드 장신구에 러시아산 검은 얼룩무늬 모피를 잘 차려입은 아름다운 미인이 아닌가! 매혹적인  그녀의 눈동자에 당신은 반한다. 그런데 그녀는 황급히 당신의 손에 막 구워낸 뜨거운 버터를 바른 롤빵을 쥐여주고는, 작은 가위를 꺼내서 당신의 외투 두 번째 단추를 싹둑 잘라버린다. 그러더니 '평행사변형!' 하고 꽤 의미심장한 한마디를 내뱉고 눈 깜짝할 사이에 남북으로 뻗어 있는 길로 사라져버린다고 하자.

이러한 일이 있으면 그것이야말로 백 퍼센트 모험일 것이다. 당신은 이런 행동에 어떤 반응을 보일 것인가? 아니, 아니다. 당신이라면 어찌할 바를 몰라 얼굴이 벌게져, 오들오들 떨면서 롤빵을 땅에 떨어뜨리고 없어진 단추를 더듬더듬 찾으면서 그대로 브로드웨이를 계속 걸어갈 것이다. 아마도 그럴 것이다. 하지만 당신이 마음속에 아직 순수한 모험심을 간직하고 있는, 몇 안 되는 축복받은 사람 중 한 명이라면 얘기는 달라진다.

진정한 모험가라는 것은, 동서고금을 막론하고 그리 많지 않았다. 모험가로서 역사의 한 페이지에 그 명성을 남긴 사람들은 대체로 새로운 방법을 발명한 실업가였다. 그들은 자신이 추구하는 것, 이를테면 황금 양털, 성배, 귀부인의 사랑, 보물, 왕위와 명성 등을 손에 넣기 위해 위험을 무릅썼다. 진정한 모험가는 목적도 없고 계획도 없이 미지의 운명과 마주하며 그것을 기꺼이 받아들이기 때문에 앞으로 나아갈 수 있는 것이다. 그 좋은 예가 탕자, 자신의 집을 등지고 여행을 떠났던 바로 그 탕자다.

준모험가 대열에 드는 사람들, 용기 있고 훌륭한 인물은 많이 있었다. 십자군에서 팰리세이드(역주 : 허드슨 강 연안에 있는 큰 절벽)에 이르기까지 그들은 역사와 소설의 지면을 화려하게 장식하고, 역사소설을 상업적으로 번창시켜온 것이다. 그러나 그들 한 사람 한 사람에게는 싸워서 얻어내야 할 훈장이 있었고, 추구해야 할 목표가 있었으며, 가슴에 품고 싶은 보물, 경주해야 할 진로, 공격을 위한 새로운 전략, 새겨 넣어야 할 이름, 흑백을 가려야 할 일이 각각 있었다. 이렇게 보았을 때 그들은 진정한 모험을 추구한 사람들은 아니었던 것이다.

이 대도시에는 '로맨스'와 '모험'이라는 쌍둥이 요정이 그들을 사모하는 추종자를 찾아서 활개를 치며 돌아다니고 있다. 우리가 거리를 거닐고 있으면, 이 쌍둥이 요정들은 다양한 모습으로 몸을 변신시키면서 우리의 행동을 몰래 엿보고 우리에게 도전장을 내민다. 아무 생각 없이 휙 고개를 들면 쇼윈도 속에서 어딘가 친밀함이 느껴지는 낯익은 초상화 같은 얼굴과 마주치게 된다. 인기척 없는 고요한 거리, 커튼을 내린 집에서 고통과 공포의 외침이 들려온다. 택시 운전사는 평소의 익숙한 도로변이 아니라 생전 처음 보는 집의 문 앞에 우리를 내려준다. 그리고 누군가가 웃음 띤 얼굴로 그 문을 열어주고 안으로 들어오라고 손짓한다. 어떤 글씨가 쓰여 있는 한 장의 종이쪽지가 운명의 신의 높은 철창에서 하늘하늘 발밑으로 떨어진다. 바쁘게 오가는 군중 속에서 증오나 애정, 불안이 가득 찬 타인의 시선과 잠시 부딪친다. 갑자기 비가 억수로 쏟아질 때면 보름달의 딸이나 별의 사촌 같은 미녀들이 손에 든 우산 속으로 뛰어 들어와 비를 피하고 있을지도 모른다. 도시의 골목길 도처에서 손수건이 떨어지고, 손가락질하며 시선이 공격해온다. 모험의 실마리, 고독, 황홀, 신비, 위험을 지닌 변화무쌍한 실마리가 슬그머니 우리의 손안으로 미끄러져 들어온다. 그런데 기꺼이 그것을 잡고 그것에 따라가는 사람은 거의 없다. 우리는 세상의 인습이라는 척도를 가지고 등을 꼿꼿이 편 채 버티고 있는 것이다. 우리는 대부분 모험을 그냥 지나쳐 버린다. 그리고 언젠가는 인생의 내리막길에 와서 나의 로맨스는 한두 번의 결혼으로 끝난 따분한 것이었다, 서랍 깊숙이 처박아둔 수놓은 장미꽃 장식이었다, 뜨거운 열기와는 평생 인연이 없었다, 등 불평을 하며 돌아보는 날이 오는 것이다.

루돌프 스타이너는 진정한 모험가였다. 해가 지기 시작하면 기상천외한 일을 찾아서 거의 매일 복도 끝에 있는 그의 좁은 침실 문을 나섰다. 그의 생각에는 인생 최대의 즐거움이 바로 다음 골목이나 길모퉁이 저편에 뒹굴고 있을 것만 같아 견딜 수 없는 것이었다. 때로는 운명을 시험해보려는 마음이 동해서 골목을 배회한 적도 있었다. 경찰서에서 한두 번 밤을 지새운 일도 있었다. 얼떨결에 그만 돈을 노린 약삭빠른 사기꾼의 먹이가 된 적도, 감언이설에 넘어가 시계와 돈을 날린 적도 있었다. 그러나 그는 전혀 식지 않는 열정을 품고, 다가오는 도전에 응하면서 훌륭한 모험가의 명단에 그 이름을 올려놓았다.

어느 날 저녁 무렵, 루돌프는 시의 옛 중앙부에 있는 남북으로 뻗은 길을 천천히 거닐고 있었다. 두 줄기의 인파가 보도를 가득 메우고 있었다. 한 줄은 귀가를 서두르는 사람들이었고, 다른 한 줄은 형형색색의 전등이 깜박이는 레스토랑의 호화로운 겉모습에 이끌려 집에 돌아가야 하는 것을 잊은 무리였다.

이 젊은 모험가는 깨끗한 용모에 침착하고 신중하며 주

의 깊었다. 그는 어느 피아노 가게의 판매원으로 일하고 있는데, 넥타이도 넥타이핀을 꽃는 대신 토파즈가 박혀 있는 고리에 꿰어 고정시키고 있었다. 언제인가 그는 어느 잡지의 편집자에게 미스 리비라는 작가가 쓴 〈주니의 사랑과 모험〉만큼 자신의 인생을 뒤흔들어놓은 책은 없었다고 편지를 보낸 일도 있었다.

이렇게 산책을 하는 도중, 우연히 보도 옆의 유리로 된 진열창 속에서 이빨이 심하게 딸가닥거리는 소리가 들려왔다. 소리는 메스꺼운 기분을 유발시키면서 그의 주의를 끌었다. 처음에는 진열창 뒤의 레스토랑에 시선이 닿았다. 그런 다음엔 옆 출입구의 아주 높은 곳에 걸린 '치과'라는 전광판이 눈에 들어왔다. 건물 앞에서는 빨간 실로 수를 놓은 상의에 노란 바지, 거기에 군모를 쓴 이상야릇한 분장을 한 키 큰 흑인이 지나가는 군중 속에서 원하는 사람들에게 상당히 신중한 태도로 전단을 나누어주고 있었다.

이렇게 치과의 광고지를 나누어주는 것은 루돌프에게는 그다지 새롭지도, 신기하지도 않은 광경이었다. 여느 때 같으면 광고지를 나누어주는 사람 옆을 지나치며 수북이 쌓여 있는 전단의 매수를 줄여주는 일 따위 하지 않았을 것이다. 그런데 오늘 밤은 광고지를 그의 손안에 슬쩍 밀어 넣는 이 아프리카인의 방법이 상당히 교묘했기 때문에, 그는 재빠른 솜씨에 그만 미소를 지으며 그것을 그대로 손에 쥐었다.

　몇 걸음 앞으로 전진하다가 별생각 없이 카드를 유심히 들여다보았다. 놀라움 반, 흥미 반으로 카드를 뒤집어서 다시 살펴보았다. 카드의 앞면은 백지였는데 뒷면에는 잉크로 '녹색 문'이라는 세 글자가 쓰여 있었다. 그런데 그때, 루돌프 앞에 세 발자국쯤 떨어진 곳에 있던 한 남자가 흑인에게서 건네받은 카드를 땅바닥에 버리는 것이 눈에 띄었다. 루돌프가 그것을 주워서 보니 치과 의사의 이름과 주소, 그리고 '의치 기공'이라든가 '브리지(가공의치) 기공', '무통 치료' 등의 그럴싸한 선전 문구가 인쇄되어 있었다.

　모험을 좋아하는 이 피아노 판매원은 길모퉁이에 서서 곰곰이 생각했다. 잠시 후 그는 길을 가로질러서 한 블록 정도 남쪽으로 내려가, 다시 길을 횡단해서 북쪽 맞은편의 사람들 흐름에 끼어들었다. 이렇게 해서 다시 한 번 흑인의 옆을 지나가면서 시치미를 뚝 떼고 쥐여준 카드를 아무렇지 않은 얼굴로 받아 들었다. 열 걸음 정도 걸어가서 다시 보니 처음의 카드에서 본 것과 똑같은 글씨로 '녹색 문'이라고 적혀 있었다. 그의 앞뒤로 이어지는 통행자들이 버린 서너 장의 카드가 도로에 떨어져 있었다. 그것들은 아무것도 적혀 있지 않은 쪽이 위를 향해 있었다. 루돌프는 그것을 뒤집어보았다. 어느 카드에도 모두 치과 진료실의 판에 박힌 선전 문구가 인쇄되어 있었다.

장난꾸러기 '모험' 의 요정이 자신의 진정한 신봉자인 루돌프 스타이너를 유혹하기 위해서는 두 번씩이나 손짓할 필요가 없었다. 그런데 이번에는 그런 일이 두 번이나 일어난 것이다. 이렇게 해서 모험은 시작되었다.

루돌프는 딸가닥거리는 이빨의 진열 상자 옆에 서 있는 몸집이 큰 흑인 곁으로 천천히 발길을 돌렸다. 이번에는 지나치면서 카드를 받지 않았다. 요란하고 괴상한 의상을 걸친 이 에티오피아 사람은 자연스런 위엄을 나타내며 꼿꼿이 서서 어떤 사람에게는 붙임성 있게 카드를 디밀고, 또 어떤 사람에게는 아무 방해도 하지 않고 그냥 지나가게 내버려 두는 것이었다. 또 30초마다 한 번씩, 전차의 차장이나 그랜드 오페라의 지휘자처럼 귀에 거슬리는 뜻 모를 말을 중얼거리고 있었다. 그런데 이번에는 그에게 카드를 내밀지 않았을뿐더러, 루돌프는 그 검게 빛나는 커다란 얼굴에서 냉소적이고 경멸에 가까운 거만한 시선을 느꼈다.

이 시선이 모험가의 가슴을 자극했다. 그 싸늘한 눈동자에서 '너는 자격이 없어' 라는 무언의 비난을 읽을 수 있었다. 카드에 적힌 불가사의한 말이 무엇을 의미하든, 어쨌든 흑인은 군중 속에서 두 번씩이나 그에게 카드를 주었다. 그런데 지금 그는 수수께끼를 푸는 기지와 열의 면에서 너는 수준 이하라고 루돌프에게 선고하고 있는 것이었다.

혼잡함에서 벗어난 젊은 모험가는 필시 이 속에 모험이

157

숨겨져 있을 것이라 생각하고 건물을 재빨리 훑어보았다. 그것은 5층 건물이었다. 작은 레스토랑이 지하실을 차지하고 있었다.

1층은 벌써 가게 문을 닫은 상태였는데, 부인용 장신구점이나 모피점인 것 같았다. 2층은 깜박이는 전광판으로 치과라는 것을 알 수 있었다. 그 위에는 뭐라고 잡다하게 쓰여진 간판이 손금 봐주는 점쟁이, 재단사, 음악가, 의사들의 주거를 너저분하게 나타내고 있었다. 그 위층은 느슨하게 늘어져 있는 커튼이나 창문턱 위에 놓인 하얀 우유병 등으로 보아 가정집인 것 같았다.

관찰이 끝나자 루돌프는 높게 하나로 연결된 돌계단을 뛰어 올라가 건물 안으로 들어갔다. 카펫을 깔아놓은 계단을 따라 올라가다가 꼭대기에서 걸음을 멈추고 한숨을 돌렸다. 창백한 두 개의 가스 등불이 하나는 오른쪽 먼 곳에서, 또 하나는 왼쪽 조금 가까운 곳에서 희미하게 복도를 비추고 있었다. 가까이 있는 등 주위를 둘러보자 가냘프고 둥근 빛 속에서 녹색 문이 보였다. 순간 그는 주저했다. 그러나 곧 아프리카인 카드 마술사가 보여준 오만불손한 냉소가 눈앞에 떠올랐다. 그는 똑바로 녹색 문 앞으로 다가가 힘차게 노크를 했다.

노크에 응답이 있기 전의 몇 초간이야말로 진정한 모험의 숨가쁜 상황을 재는 척도가 된다. 그 녹색의 판자 저편에서는 어떤 일이든 일어날 수 있는 것이다! 한창 도박판을 벌이고 있는지도 모른다. 교활한 악한들이 교묘한 계략을 짜며 덫에 미끼를 놓고 있을지도 모른다. 용감한 사나이를 동경하여, 용기 있는 자가 자신을 구원해주길 기다리고 있는 미녀가 있을지도 모른다. 위험, 죽음, 사랑, 실망, 조소, 이러한 것 중 무엇인가가 이 용기 있는 노크에 응해 올 것이다.

안에서 어렴풋이 옷자락 스치는 소리가 들리더니 이윽고 천천히 문이 열렸다. 아직 스무 살도 채 안 되어 보이는 젊은 여자가 창백한 얼굴로 비틀거리며 문 앞에 서 있었다. 그녀는 손잡이에서 손을 떼는가 싶더니, 한 손을 뻗쳐 허공을 더듬거리며 중심을 잃고 쓰러졌다. 루돌프는 가까스로 그녀를 잡아 벽에 붙어 있는 색이 바랜 긴 의자 위에 뉘었다. 그러고 나서 문을 닫고 흔들거리는 가스등 불빛으로 재빨리 방 안을 둘러보았다. 깨끗하게 정돈되어 있었지만 무척 궁색하다는 느낌이 들었다.

여자는 실신한 것처럼 조용히 누워 있었다. 루돌프는 매우 긴장한 채 어딘가에 쓸 만한 통이 없는지 방 안을 열심히 둘러보았다. 기절한 사람을 통 위에 태워서 데려가지 않으면 안 된다. 아니, 그게 아니다. 그것은 물에 빠진 사람을 구할 때나 쓰는 방법이다. 그는 모자를 벗어 그녀에게 부채질을 하기 시작했다. 그랬더니 바로 효과가 있었다. 중산모자의 가장자리가 그녀의 코끝을 스쳐, 그녀가 그만 눈을 떴기 때문이다. 이때 젊은이는 이 여자야말로 마음속에 그리고 있었던 사랑스러운 초상화의 주인공이라고 느꼈다. 둥글고 귀여운 회색 눈동자, 약간 위를 향해 있는 깜찍하고 작은 코, 완두콩 덩굴의 수염처럼 동글동글 말려 올라간 갈색의 머리카락, 이것이야말로 숱한 모험의 진정한 목적이며 가장 큰 보상이 아닐까 생각했다. 그렇지만 그녀의 얼굴은 가슴 아플 정도로 창백하게 여위어 있었다.

그녀는 조용히 그를 바라보더니 이윽고 살며시 미소 지었다.

「정신을 잃었었나 보죠?」

그녀가 힘없이 물었다.

「하지만 누구라도 이렇게 됐을 거예요. 사흘 동안 아무것도 먹지 못하고 지냈다면요!」

「아니, 이럴 수가!」

루돌프는 펄쩍 뛰면서 소리쳤다.

「기다리세요, 곧 돌아올 테니까.」

그는 녹색 문을 박차고 나가 계단을 뛰어 내려갔다. 그리고 20분쯤 지나서 다시 돌아와, 발끝으로 문을 차며 그녀에게 열어달라는 신호를 보냈다. 식료품 가게와 레스토랑에서 사 온 음식들을 두 팔에 가득 안고 들어와 그것들을 테이블 위에 늘어놓았다. 버터를 바른 빵, 가공육, 케이크, 파이, 피클, 굴, 통닭, 우유, 거기에 아주 뜨거운 홍차 한 병.

「말도 안 돼요」 하고 루돌프는 야단치듯이 말했다.

「아무것도 먹지 않고 지내다니. 그런 쓸데없는 도박은 당장 그만두세요. 자, 저녁 식사가 준비되었어요.」

그는 그녀에게 손을 내밀어 부축하여 의자에 앉히며 물었다.

「홍차를 따를 찻잔은 있나요?」

「창가의 선반 위에 있어요.」

그녀가 대답했다. 그가 찻잔을 가지고 돌아오자, 그녀는 얼빠진 사람처럼 좋아서 눈을 반짝이며 여자 특유의 본능으로 종이 봉지에서 찾아낸, 딜 열매로 맛을 낸 오이 피클을 먹기 시작했다. 그는 웃으면서 그것을 뺏어 들고 찻잔 가득히 우유를 따라주었다.

「이것부터 먼저 마셔요.」

그는 명령하듯 말했다.

「그 다음에 홍차를 조금 줄게요. 그러고 나서 닭고기의 날개 부분을 먹도록 해요. 당신이 말을 아주 잘 듣는다면, 내일은 피클을 먹어도 좋아요. 그런데 저를 손님으로 맞아주신다면 함께 식사를 하고 싶습니다.」

그는 의자 하나를 끌어당겨 앉았다. 뜨거운 차에 그녀의 눈은 생기를 되찾고, 볼에도 혈색이 살아나기 시작했다. 그녀는 마치 굶주린 야수처럼, 다시 말해 우아함을 띤 맹렬한 모습으로 음식을 먹기 시작했다. 젊은이의 존재도, 그가 내민 구원의 손길도 극히 당연한 일처럼 생각하고 있는 것 같았다. 말하자면 세상의 관습을 중요시 여기지 않는다는 것이 아니라, 궁지에 몰린 나머지 체면은 일단 제쳐두고 인간답게 행동하는 권리를 찾으려는 듯했다. 그렇지만 점차 힘과 안도를 되찾음에 따라, 세상의 관습을 따를 기분도 조금은 되살아나게 되었다. 거기에서 그녀는 자신의 신상에 관한 얘기를 하기 시작했다. 그것은 이곳 사람들이 들으면 하품이 나올 정도로 특별할 것 없는 흔해빠진 얘기, 가게 점원의 신세타령이었다. 원래 쥐꼬리만 한 급료에다가 가게의 수익을 늘리기 위한 수단으로 부과된 '벌금' 덕분에 수입은 더욱 줄어들고, 설상가상으로 병까지 나서 쓸데없이 시간을 허비하게 되자 결국은 직업도 잃고 희망도 잃었다. 그때 마침 이 모험가가 녹색 문을 두드렸다는 것이다.

그러나 루돌프에게는 그녀의 신세타령이 그리스 시인이 쓴 〈일리아드〉나, 혹은 〈주니의 사랑과 모험〉에 나오는 이야기 못지않은 대단한 것으로 들렸다.

「당신이 그런 시련을 겪었다니!」

그는 탄성을 질렀다.

「정말 너무 괴로웠어요.」

그녀가 진지하게 대답했다.

「그런데 당신은 이 도시에 친척이라든가 친구는 한 명도 없나요?」

「네, 아무도 없어요.」

「실은 저도 외톨이랍니다.」

잠시 침묵이 흐르고 루돌프가 말했다.

「어머, 그 소리를 들으니 친구를 만난 것 같네요」하고 그녀는 반가워했다. 루돌프는 자신의 고독함을 알아주는 말을 듣자 어쩐지 기뻤다.

그런데 갑자기 그녀가 눈꺼풀을 살짝 내리깔고는 깊은 한숨을 쉬며 말했다.

「저, 너무 졸려요. 하지만 기분이 아주 좋아졌어요.」

루돌프는 일어나서 모자를 집어 들었다.

「그럼, 저는 이만 가보겠습니다. 아무 걱정 말고, 하룻밤 푹 쉬면 다시 좋아질 겁니다.」

그는 손을 내밀었다. 아가씨는 그 손을 잡고「잘 가세요」하고 작별 인사를 했다. 하지만 그녀의 눈동자는 애절하고 솔직하게 무언가를 바라는 듯했다. 그 바람에 그는 말했다.

「그럼, 내일 또 오겠습니다. 당신의 상태를 보러 말이죠. 그렇게 쉽게 저를 떨쳐버릴 수는 없을걸요.」

문을 나서려고 하자 그녀는 겨우 생각났다는 듯이, 그러나 대수롭지 않다는 어조로 물었다.

「그런데 여기는 어떻게 오시게 됐어요?」

그는 잠시 그녀를 바라보다가 그 카드를 떠올리자, 갑자기 질투의 고통을 느꼈다. 만약 그 카드가 자기처럼 모험을 좋아하는 다른 남자의 손에 들어갔더라면 어떻게 되었을까? 그녀에게는 결코 사실을 알리지 않겠다고 재빨리 결심했다. 그녀가 심한 궁핍에 빠져 부득이하게 취하지 않으면

안 되었던 그 기묘한 편법을 내가 알고 있다는
사실을 절대로 그녀가 눈치 채지 못하도록 해야
겠다고 생각했다.

「내가 일하는 가게의 조율사 한 명이 이 건물에
살고 있는데 잠시 착각해서 이 문을 두드리게
됐답니다.」

녹색 문이 닫히기 전에 마지막으로 그의 눈
에 비친 것은 그녀의 미소였다.

그는 방에서 나오자 계단 위에 잠시 멈춰 서서, 이상한 듯
이 주위를 둘러보았다. 그리고 복도를 따라 맞은편 끝까지
갔다가 다시 되돌아와서 위층으로 올라가는 탐색을 계속하
면서 통 이해할 수 없다는 표정을 지었다. 이곳에서 그가 발
견한 문들은 모두 녹색으로 칠해져 있는 것이었다.

이상하게 생각하면서 계단을 내려와 길거리로 나갔다.
예의 기묘한 아프리카인은 아직 그곳에 있었다. 루돌프는
손에 두 장의 카드를 쥐고 그의 앞에 섰다.

「당신이 이 카드를 나에게 주었는데, 이 카드의 의미를
얘기해주지 않겠소?」

그가 물었다.

만면에 싱글벙글 웃음을 띤 흑인은 내용을 알 수 없는 수
수께끼 같은 광고를 내보였다.

「바로 저것이에요, 나리」 하고 그는 길 저편을 가리키면
서 말했다.

「하지만 1막을 보기에는 좀 늦은 것 같은데요.」

흑인이 가리킨 쪽을 보자 극장의 입구 위에 새로 상연되는 연극 '녹색 문'의 눈부신 전광판이 보였다.

「아주 끝내주는 연극이죠.」

흑인은 말했다.

「저것을 무대에 올리는 지배인이 제게 1달러를 줄 테니 치과 광고지와 같이 이 카드 좀 나누어주지 않겠느냐고 부탁했지요. 치과 광고지도 한 장 드릴까요, 나리?」

루돌프는 자신이 살고 있는 동네의 길모퉁이에서 발을 멈추고, 맥주를 한잔 마신 다음, 담배를 한 개피 샀다. 그리고 담배에 불을 붙이고 나오면서 코트의 단추를 채우고 모자를 뒤로 젖힌 후, 길모퉁이의 가로등을 향해 단호히 말했다.

「그래도 역시 그녀를 찾아낸 것은 뭐라 해도 운명의 신의 계시였어.」

이런 상황에서 이런 결론을 내리는 것을 보면 확실히 루돌프 스타이너도 '로맨스'와 '모험'의 요정을 진정으로 섬기는 사람들의 대열에 끼어주어도 좋을 것 같다.

시계추

Henry

「81번가입니다. 내리실 분은 내려주세요!」

푸른 제복을 입은 양치기 같은 차장이 소리쳤다.

양 떼 같은 한 무리의 승객들이 쏟아져 나오자, 또 다른 무리의 승객들이 우르르 올라탔다.

땡땡! 맨해튼 가공철도의 콩나물시루 전차가 덜커덩 굉음을 울리며 달려갔다. 존 퍼킨스는 해방된 무리에 섞여, 역의 계단을 따라 내려갔다.

존은 자신의 아파트 쪽으로 천천히 걸어갔다, 천천히. 왜냐하면 그의 일상생활의 사전에는 '혹시' 라는 단어가 없기 때문이다. 결혼한 지 2년, 더구나 아파트에 살고 있는 그런 남자에게 뜻밖의 사건 같은 것이 기다리고 있을 턱이 없다. 존 퍼킨스는 우울하고 짓눌린 듯한 냉소적인 기분으로 걸으면서, 단조로운 하루의 마지막을 머릿속에 그려보았다.

케이티가 현관문에 맞으러 나와, 콜드크림과 버터 캔디 냄새가 풍기는 키스를 할 것이다. 나는 코트를 벗고 울퉁불퉁한 긴 소파에 걸터앉아 무서운 식자기(라이노타이프)로 인쇄된 석간에서 피살된 러시아인과 일본인(러일전쟁을 지칭)에 관한 기사를 읽는다. 저녁 식사로는 포트 로스트

(역주 : 약한 불로 찜을 한 쇠고기)와 보증서 붙은 싸구려 드레싱으로 맛을 낸 샐러드, 푹 끓인 대황(大黃) 스튜, 그리고 화학적 순도를 보장하는 상표에 창피스러워 얼굴을 붉히는 병조림 딸기 마멀레이드가 준비되어 있을 것이다. 식사가 끝나면 케이티는 나에게 얼음 가게 주인이 그녀를 위해 잘라준 넥타이 조각을 빼뚤빼뚤한 퀼트에다 새로 이어 보여줄 것이다. 7시 30분이 되면 우리는 신문지를 가구 위에 펼치고, 바로 위층에 사는 뚱보 남자가 운동을 시작할 때면 천장에서 우수수 떨어져 내리는 회반죽 가루를 받아내야 한다. 8시 정각에는 복도 맞은편 방에서 2인조 희극배우(공연 일정도 없는)인 히키와 무니가 가벼운 정신착란 증세를 보이며 의자를 거꾸로 돌리기 시작한다. 그들은 해머스타인(역주 : 맨해튼 오페라하우스 외에 여러 극장을 창설한 독일 태생의 흥행주)이 일주일에 5백 달러의 계약금을 내걸고 자기들을 찾아다니고 있다는 망상에 사로잡혀 있는 것이다. 그러면 이번에는 좀 떨어져 있는 맞은편 창가의 신사가 플루트를 꺼낸다. 큰길에는 밤의 가로등이 깜박깜박 떠오르기 시작하고, 식기 운반용 승강기가 미끄러져 내려간다. 관리인은 자노위츠키 부인의 다섯 아이들을 또다시 길 저편으로, 마치 압록강 저편으로 내쫓듯이 쫓아낸다. 샴페인색의 구두를 신고, 스카이테리어종 개를 데리고 나온 부인이 가벼운 발걸음으로 계단을 내려가, 자신의 우편함과 초인종의 머리 부분에 그녀가 목요일만 사용하는 이름을 써붙인다. 이렇게 프로그

모어 아파트의 밤이 깊어가는 것이다.

존 퍼킨스는 이러한 일들이 일어나는 것을 모두 알고 있었다. 계속해서 또 8시 15분이 되면 그는 용기를 내서 모자를 잡으려고 손을 뻗친다. 그러면 아내가 불평 섞인 말투로 이렇게 말을 할 거라는 것도 잘 알고 있었다.

「당신 도대체 어디 가는 거예요? 말해봐요!」

「맥클로스키 집에 잠깐 가서 녀석들과 당구 한두 게임 치고 올게.」

그는 이렇게 대답할 것이다.

최근에는 이러한 것이 존 퍼킨스의 습관이 되어버렸다. 그는 10시나 11시가 되면 집에 돌아온다. 케이티는 때로는 먼저 자는 일도 있고, 또 때로는 분노의 용광로처럼 몹시 화가 나서 결혼이라는 단련된 강철의 사슬에서 조금이라도 금박을 벗겨내려고 자지 않고 기다리는 일도 있었다. 이러한 일에 대해서는 큐피드가 프로그모어 아파트의 그의 희생자들과 함께 재판관 앞에 섰을 때에 책임지고 대답해야 할 것이다.

그런데 오늘 밤 존 퍼킨스는 자신의 집 현관에 도착하자마자 위와 같은 극히 평범한 생활에 대단한 변화가 생겼다는 것을 깨닫게 되었다. 그 사랑스러운 달콤한 키스를 해주던 케이티의 모습이 보이지 않았다. 세 개의 방은 모두 불길한 전조를 띤 채 곳곳엔 그녀의 물건들이 난잡하게 어질러져 있었다. 구두는 마루 한가운데에서 뒹굴고 있고, 헤어드라이어와 머리 장식용 나비리본, 옷가지, 분가루 상자 등이 한데 엉겨 화장대나 의자위에 어지럽게 널려 있었다. 이것은 평소 케이티가 하던 식이 아니었다. 존은 케이티의 다갈색 웨이브 머리에서 빠진 머리카락이 뭉쳐져 빗살 사이에 얽혀 있는 것을 보자 가슴이 철렁 내려앉았다. 뭔가 매우 다급한 일이 일어났든가, 아니면 아주 화가 나서 나가버린 것임에 틀림없었다. 왜냐하면 그녀는 그렇게 빠진 머리카락은 항상, 언젠가 그것을 한데 모아 남들이 부러워할 만한 부인용 '가발'을 만들려고 벽난로 선반 위의 작은 파란 화병 속에 소중하게 간직해두고 있었기 때문이다. 그런데 그때, 접힌 종이쪽지 하나가 가스등에 끈으로 묶여 매달려 있는 것이 눈에 들어왔다. 존은 그것을 손으로 잡아떼었다. 그것은 아내가 황급히 적어놓고 간 메모였다.

사랑하는 존에게

방금 어머니가 중병이라는 전보를 받았어요. 4시 30분 기차를 타려고 해요. 동생 샘이 역으로 마중 나온다고 했어요. 냉장고에 찬 양고기 요리가 있어요. 어머니의 후두염이 재발된 것이 아니었으면 좋겠네요. 우유 배달원에게 50센트를 지불하세요. 지난봄부터 어머니 후두염이 다시 악화

되었거든요. 가스 요금 일로 가스 회사에 편지 쓰는 거 잊지 마세요. 빨아놓은 당신의 새 양말은 맨 위 서랍에 들어 있어요.

　내일 다시 편지할게요. 바빠서 이만.

　ー케이티

　결혼 생활 2년 동안 그와 케이티는 지금까지 단 하룻밤도 떨어져 있어본 적이 없었다. 존은 어찌할 바를 몰라 당황하여, 몇 번이고 급히 갈겨 쓴 쪽지를 읽고 또 읽었다. 전에는 단 한 번도 달라진 적이 없었던 틀에 박힌 생활에 균열이 발생한 것이다. 그는 그저 망연자실해서 서 있을 뿐이었다.

　방 안에 있는 의자의 등받이에는 그녀가 항상 식사 준비를 할 때 입는 검은 물방울무늬의 빨간 실내복이, 벗겨진 허물처럼 가련하게 마구 구겨져 아무렇게나 걸려 있었다. 그녀가 서둘러 나갔기 때문에, 다른 옷가지들도 여기저기에 휙 던져진 채로 흩어져 있었다. 그녀가 즐겨 먹는 버터 볼의 작은 종이 봉지도 끈이 풀린 채 그대로 나뒹굴고 있었고 기차 시간표가 길고 네모나게 잘려나간 신문지가 마루 위에 펼쳐져 있었다. 방 안의 물건 하나하나가 정기를 잃고 혼과 생명이 없어진, 상실을 말해주고 있었다. 존 퍼킨스는 가슴이 뻥 뚫린 듯한 황폐함을 느끼며 죽어 있는 유해 속에 꼿꼿이 서 있었다.

그는 방을 가능한 한 깨끗하게 정리하기 시작했다. 그녀의 옷을 만지자 무언가 공포와도 비슷한 전율이 온몸을 스쳐 갔다. 케이티가 없는 생활이란 도대체 어떤 것인가? 그는 한번도 생각해본 적이 없었다. 그녀는 이미 철저하게 그의 생활 속에 완전히 녹아들어 있었기 때문에 그에게 있어서 아내란 호흡하는 공기─필수 불가결하지만 거의 깨닫지 못하는─와 같은 존재였다. 그런데 지금, 아무 예고도 없이 그녀는 떠나버린 것이다. 완전히 사라져버린 것이다. 마치 존재한 적이 없었던 것처럼 완전히 없어져 버린 것이다. 물론 그것은 그저 2, 3일이거나 길어봐야 1, 2주일이면 끝날 것이다. 그러나 현재의 그에게는 자신의 평온한 가정생활을 죽음의 신이 헤집어놓은 것처럼 생각되었다.

존은 냉장고에서 찬 양고기 요리를 꺼낸 다음, 커피를 끓이고 순수성을 증명하고 있는 딸기 잼을 마주 보며 홀로 쓸쓸히 식탁에 앉았다. 그저 생색만 낼 정도의 포트 로스트와, 흑갈색 구두약 같은 드레싱을 얹은 샐러드가 지금은 행복이 사라진 식탁 위에서 왠지 뻔뻔스러워 보이기까지 했다. 나의 가정은 이제 허물어진 셈이었다. 후두염에 걸린 장모가 내 가정의 수호신을 하늘 높이 날려버린 것이었다. 홀로 쓸쓸히 식사를 끝내고 존은 큰길에 면해 있는 창가에 걸터앉았다.

그는 담배를 피우고 싶은 생각조차 들지 않았다. 창밖의

거리는 흥분의 열기를 뿜어내며 바보짓과
환락의 춤에 동참하지 않겠느냐고 그를
유혹하고 있었다. 오늘 밤은 그 혼자만의
밤이었다. 마음만 먹으면 아무런 문책도 받
지 않고 밖으로 나가 거리의 자유로운 독신자
들과 똑같이 마음껏 쾌락의 노래를 부를 수도 있었다. 원한
다면 새벽닭이 울 때까지 흥청망청 마시고 떠들어대며 돌아
다니거나, 하고 싶은 것은 무엇이든 다 할 수 있는 것이었
다. 더구나 환락의 여흥을 홀짝홀짝 마시며 돌아오는 그를,
머리끝까지 화가 나서 기다리고 있는 케이티도 없는 것이
다. 아무 신경도 쓰지 않고, 새벽의 여신 아우로라가 전등
불빛을 희미하게 가릴 때까지 맥클로스키의 집에서 들떠 놀
고 있는 친구들과 신나게 당구를 쳐도 좋은 것이다. 이 프로
그모어 아파트의 생활에 진저리가 났을 때에도 항상 그를
묶어두고 놓아주지 않았던 결혼이라는 고삐가 풀려버렸다.
지금 케이티는 집을 비우고 없는 것이다.

존 퍼킨스는 자신의 감정을 분석하는 일에 익숙지 못했다.
그러나 지금 이렇게 케이티가 없어진 작은 방에 앉아 있자니
자신을 불안에 떨게 한 원인이 무엇인가 하는 것에 생각이
미쳤다. 그의 행복에는 케이티가 없어서는 안 된다는 사실을
이제야 깨달은 것이다. 따분한 가정생활의 반복으로 인해 언
제부터인가 무감각해져 버린 그녀에 대한 감정이, 그녀의 존
재를 잃어버림으로써 다시금 격하게 용솟음치는 것이었다.

소리가 아름다운 새의 진정한 가치는, 그 새가 날아가 버린 후에야 비로소 깨닫는다는 이야기는 격언이나 설교나 우화, 혹은 이것과 어깨를 나란히 할 만한 명언 등을 통해 귀에 못이 박힐 정도로 듣고 또 들어오지 않았던가?

'나는 얼마나 얼빠진 바보인가.'

존 퍼킨스는 가만히 생각했다.

'지금까지 그런 식으로 케이티를 대하다니……. 집에서 그녀와 함께 저녁 한때를 보낼 생각은 않고, 매일 밤 집을 뛰쳐나가서는 당구를 치거나 술을 마시고 떠들며 돌아다녔지. 그동안 그녀는 불쌍하게도 무엇 하나 위로 삼을 만한 것도 없이 혼자 외롭게 여기에서 기다리고 있었던 거야. 내가 그런 짓을 하고 있는 동안에도! 존 퍼킨스, 넌 천벌을 받을 놈이야! 그래. 사랑스런 그녀에게 보상을 해주자. 그녀를 밖으로 데리고 나가자. 그리고 재미있는 구경을 시켜줘야지. 오늘부터, 바로 지금부터, 그 맥클로스키 패거리와도 완전히 연을 끊자.'

지금도 창밖의 거리는 시끌벅적하게 모모스(역주 : 그리스 신화의 비난과 조소의 신)의 뒤를 쫓아 환락의 춤판에 끼어들라고 존 퍼킨스를 외쳐 부르고 있었다. 그리고 맥클로스키의 집에서는 평소의 무리가 여느 때처럼 밤의 한판 게임을 시작하기 전에 가벼운 손 운동으로 유유히 당구를 치고 있었다. 그러나 지금은 어떠한 환락의 길도, 기분 좋은 큐 소리도 케이티를 잃고 나서 과거를 뉘우치고 있는 퍼킨스의 영혼을 유혹할 수는 없었다. 지금까지 소홀히 하고 있었던, 아니 반쯤 경멸하고 있었던 자신의 사랑이 손안에서 벗어나 멀리 도망쳐 사라져버리고 나니, 이제는 그것이 참을 수 없이 보고 싶었다. 죄책감에 사로잡힌 퍼킨스의 심정은 자신의 선조를 더듬어 올라가, 낙원에서 천사에게 내쫓겨진 아담이라는 남자에까지 거슬러 올라갔다.

존 퍼킨스의 오른쪽 바로 옆에 놓인 의자 등받이에는 케이티의 푸른색 블라우스가 걸려 있었다. 블라우스에는 아직도 그녀의 그림자 같은 것이 남아 있었다. 소매 중간에는 그를 위로하고 즐겁게 히느라 바쁘게 움직이는 그녀의 팔이 만들어낸, 자잘하고 독특한 주름이 잡혀 있었다. 어렴풋하기는 하지만 사람의 마음을 감동시키는 재스민 향기가 피어올랐다. 존은 그것을 집어 들고 오랫동안 조용히, 냉랭하기만 한 그 얇은 실크 천을 바라보았다. 케이티는 이렇게 차가운 적이 결코 없었다. 눈물이―그렇다, 눈물이―존 퍼킨스의 두 눈에 넘쳐흘렀다. 이번에 그녀가 돌아오면 지금까지와는 전혀 다른 사람이 되리라. 그동안 소홀했던 죗값을 치르리라. 그녀가 없는 인생이란 무의미한 것이다.

그때 갑자기 문이 열렸다. 케이티가 작은 손가방을 들고 집 안으로 들어왔다. 존은 멍하니 그녀를 바라보았다.

「당신 있었군요! 집에 돌아오게 되어 정말 기뻐요!」

케이티는 말했다.

「어머니 병세는 그다지 심각한 것이 아니었어요. 샘이 역에 나와주었는데, 그저 약간 발작이 일어났을 뿐 전보를 친 뒤에 곧 회복되셨대요. 그래서 바로 다음 기차로 돌아온 거예요. 나, 커피가 마시고 싶어 못 견디겠어요.」

프로그모어 아파트 3층 정면의 방이 '사물의 질서'를 향해 덜커덕덜커덕 기계를 돌리기 시작할 때, 톱니바퀴의 삐걱대는 소리를 들은 사람은 아무도 없었다. 벨트가 끼워지고 용수철이 움직이고 연동장치가 조절되었다. 그러자 톱니바퀴는 지금까지 해온 대로 정해진 궤도를 따라 빙글빙글 회전하기 시작했다.

존 퍼킨스는 시계를 보았다. 8시 15분이었다. 그는 모자를 집어 들고 현관문 쪽으로 걸어 나갔다.

「어머, 당신 어디 가는 거예요? 말해봐요!」

케이티는 불평 섞인 말투로 물었다.

「맥클로스키 집에 좀 가려고. 녀석들하고 당구 한두 게임 치고 올게.」

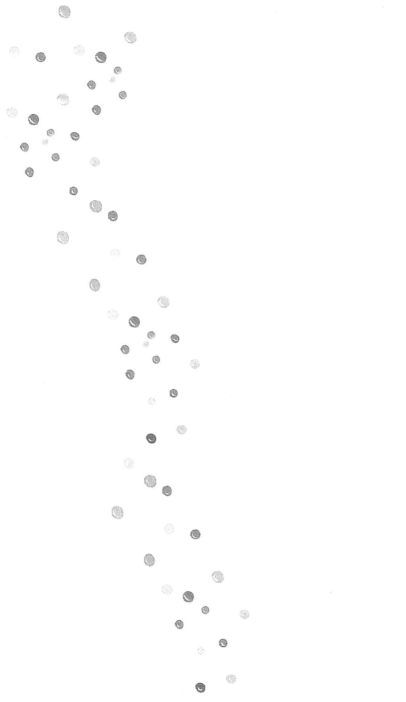

맥의 몸값

우리!, 즉 나와 맥 론즈베리! 할아범은 각자 4만 달러 가량을 손에 쥐고, 리틀 하이드 앤드 시크(역주 : 작은 숨바꼭질) 금광 일에서 손을 뗐었다.

나는 지금 맥 '할아범'이라고 말했지만, 맥은 노인이 아니었다. 마흔 한 살인 맥은 언제나 겉늙어 보였다.

「앤디」하고 맥은 나에게 말했다.

「나는 이제 악착같이 사는 것에 질렸어. 자네와 나는 3년 동안 꽤 고생을 했지. 어때, 잠시 일을 그만두고 열심히 모아둔 이 놀고 있는 돈을 어떻게 좀 사용해보지 않겠나?」

「그거 좋은 생각이군. 찬성이네.」

나는 대답했다.

「잠시 동안 우리, 대단한 갑부가 되어서 어떤 기분인지 한번 시험해보자고. 그런데 어떻게 할까? 나이아가라 폭포 구경이라도 갈까? 아니면 포커라도 한판 벌일까?」

「난 몇 년 전부터 쭉 생각해왔다네. 만약 내가 언젠가 큰 돈을 모으게 되면, 어딘가에 방 두 개짜리 작은 오두막을 빌려서 중국인 요리사를 한 명 두고, 버클(역주 : 영국의 역사가)의 〈영국 문명사〉나 읽으며 느긋하게 지내면 어떨까 하고.」

「그래, 뭐든지 마음대로 하면서 또 촌스럽게 있는 티도 내지 않고, 꽤 유쾌할 것 같은데」 하고 나는 말했다.

「생각해보니 그 이상으로 돈을 잘 쓸 수는 없을 것 같군. 비둘기 시계와 셉 위너의 〈밴조 독습서〉를 손에 넣으면 나도 그 계획에 참여하겠네.」

일주일 후 나와 맥은 덴버에서 30마일쯤 떨어진 '피냐'라는 작은 마을에 발을 붙이고, 우리 둘에게 안성맞춤인 방 두 칸짜리 고상한 집을 발견했다. 우리는 피냐의 은행에 거금을 맡겨두고, 340명의 마을 주민 한 명 한 명과 악수를 나누었다. 덴버에서는 중국인과 함께 비둘기 시계, 버클의 〈영국 문명사〉, 〈밴조 독습서〉도 가지고 왔다. 그것들 덕택에 우리의 작은 집은 곧 집다운 분위기를 띠게 되었다.

누군가 부는 행복을 가져다주지 못한다고 말한 적이 있지만, 그런 말은 믿을 것이 못 된다. 맥 할아범이 흔들의자에 앉아 감색 털신에 싸인 발을 창에 걸치고 안경 너머로 버클의 책에 열중하고 있는 모습을 보면, 그것은 정녕 록펠러조차도 부러워할 만한 한 폭의 아름다운 그림이라 할 수 있을 것이다. 나는 밴조를 들고 귀동냥으로 익힌 '올드 지프 쿤'을 연습하고, 비둘기는 때맞춰 울면서 시간을 알리고, 또 중국인 요리사 아신은 인동 냄새 뺨칠 정도의 구수한 햄에그 냄새로 분위기를 돋우어준다. 주위가 완전히 어두워져서 버클의 허튼소리도 독습서의 음부도 보이지 않게 되면, 나와 맥은 파이프에 불을 붙이고 과학이나 진주조개 채취, 좌골신경통, 이집트, 철자, 물고기, 무역풍, 피혁, 보은, 독수리 등등 지금까지 개인적인 의견을 표 명할 여유가 없었던 다채로운 화제에 대해 서로 이야기를 나누었다.

어느 날 밤, 맥은 나에게 여자라는 존재 의 습성이나 사고방식에 대해 잘 알고 있는 지를 물었다.

「그야, 알고 있다 뿐인가?」

나는 당연하다는 투로 말했다.

「여자에 관한 일이라면 머리끝에서 발끝까지 속속들이 알고 있지. 파란 눈동자의 당나귀가 로키 산맥을 훤히 꿰뚫 고 있듯이 말이야. 여자들이 꾸며대는 어떤 사소한 속임수 나 교묘한 엉터리 수작도 다 내 손바닥 안에 있다고.」

「실은 말이지, 앤디.」

맥이 갑자기 한숨을 쉬면서 말했다.

「나는 지금까지 여자의 본성이란 것에 부딪쳐본 적이 없 었다네. 하기야 나도 여자에게 접근하고 싶지 않았던 것은 아니지만, 그럴 여유가 전혀 없었던 거야. 나는 열네 살 때 부터 혼자 힘으로 밥 먹고 살아가야 할 형편이었지. 여자라 는 존재에 대한 기본적인 지식이 내 머릿속에는 갖추어져 있지 않아서 때로는 그런 능력이 있으면 좋을 텐데 하는 생 각이 든다네.」

「여자라는 존재는 쉽게 이해할 수 없는 어려운 연구 과제이지.」

나는 말했다.

「여러 가지 다른 견해가 있다네. 이론적인 해석은 다양하게 변하고 있는데, 내가 본 바에 의하면 여자란 확실히 여러 면에서 종종 서로 대조적인 차이를 보이고 있어.」

「내 생각으로는」 하고 맥이 말을 이었다.

「남자들은 젊고 전도유망할 때에 결혼을 해서 여자의 마음을 파악해두는 것이 좋을 것 같은데, 난 어영부영하다 기회를 놓쳐버리고 말았어. 지금은 너무 나이를 먹어서 이제 새삼 여자를 연구한다고 설칠 수도 없을 것 같아.」

「그렇군.」

나는 그에게 말했다.

「하지만 자네는 돈도 많이 벌었고, 이제 고생에서 해방되어 여생을 편히 보낼 수 있는데 그것으로 충분히 만족스럽지 않은가? 하긴 나도 여자에 관해 터득한 것을 별로 후회하고 있지는 않지만. 남자가 세상을 살아가면서 보살핌을 받기 위해서는 여자들의 독특한 성질이라든가, 그들이 꾸며대는 약간의 연극 정도는 파악해두는 게 좋으니까.」

우리는 피냐가 마음에 들었기 때문에 그 마을에 계속 머물렀다. 세상에는 떠들썩한 잔치나 여행 등으로 돈을 마구 퍼 쓰기 좋아하는 사람들도 있지만, 나와 맥은 이미 북적거리는 소란 속에서나 객지에서 호텔 잠을 자는 것은 졸업한 상태였다. 마을 사람들은 모두 친숙함이 느껴지는 사람들이었고, 아신은 우리가 좋아하는 맛있는 요리를 만들어주었다. 맥과 예의 버클은 한시도 떨어지지 않을 정도로 친밀한 사이가 되어 있었으며 나는 나대로 밴조로 '버팔로의 언니, 오늘 밤은 안 되나요'라는 곡을 성심성의껏 연주하고 있었다.

어느 날 나는 뉴멕시코에서 광산을 하고 있는, 나와 이해관계가 있는 스페이트라는 남자로부터 전보를 받았다. 나는 곧 뉴멕시코로 떠나 두 달 동안 집을 비워야 했다. 그러나 한시라도 빨리 피냐로 돌아가 다시 한 번 그곳 생활을 즐기고 싶어 견딜 수가 없었다.

피냐의 집에 도착하자마자 나는 너무나 황당한 모습에 숨이 넘어갈 뻔했다. 바로 맥이 현관 앞에 서 있는 것이었다. 만약 천사도 웃는 일이 있다면 이때야말로 도저히 웃음을 참을 수가 없었을 것이다.

맥의 모습은 정말 볼 만했다. 아니 그 정도가 아니다. 굉장히 볼 만했다. 감히 형용할 수 없을 정도였다. 하얀 조끼위에 양복을 쫙 빼입은 데다, 현란한 구두를 신고, 위가 높이 솟은 실크 모자를 쓰고 있었다. 게다가 한 다발의 시금치 같은 커다란 제라늄 꽃이 그의 가슴에 보란 듯이 꽂혀 있는 것이다! 그는 별스럽게 득의양양한 표정을 하고, 심통 맞은 가게 아저씨나 복통이라도 일으킨 아이처럼 인상을 쓰고 있었다.

「어이, 앤디」하고 맥이 얼굴을 찡그린 채 말했다.

「잘 돌아왔네. 실은 자네가 떠난 다음에 많은 일이 있었다네.」

「틀림없이 그런 것 같군」하고 나는 말했다.

「그 요상한 꼬락서니는 뭔가? 하느님이 그런 식으로 자네를 만들지는 않았을 텐데, 맥 론즈베리. 어쨌든 하느님이 주신 것에다 그런 후안무치의 천한 모습을 하고 왜 그런 볼썽사나운 짓을 하고 있나?」

「아니, 실은 말이지, 앤디.」

그가 말을 이었다.

「자네가 떠난 후에 모두가 나를 치안판사로 추대했다네.」

나는 맥을 찬찬히 살펴보았다. 그는 어깨에 힘을 잔뜩 주고 있었다. 대부분 치안판사라는 것은, 마음에 불만이 꽉 차있어 즐겁지 않고 위로를 받아 마땅한 존재인 것이다.

그런데 그때, 한 젊은 여자가 길을 지나갔다. 그러자 맥은 갑자기 수줍은 미소를 띠며 얼굴이 붉어지는 것이다. 그리고 그는 모자를 쓱 올리고, 살짝 웃으며 목례를 했다. 그러자 그녀도 방긋이 웃으며 목례를 한 다음 그대로 지나갔다.

'이런 안 돼! 그 나이에 사랑에 빠지다니 말도 안 돼. 도대체 자네가 열병에 걸릴 이유가 없어. 에나멜 구두 같은 것을 신고 겨우 2개월 사이에 이런 꼴불견이라니!'

나는 속으로 외쳤다.

「나는 오늘 밤, 방금 지나간 저 젊은 아가씨를 신부로 맞는다네.」

맥은 좀 당황한 기색을 띠며 말했다.

「참, 우체국에 뭔가 잊은 것이 있어서 좀 갔다 오겠네.」

나는 이렇게 말하고 황급히 맥의 곁을 떠났다.

나는 백 야드 앞을 걷고 있는, 방금 전에 본 젊은 여자 뒤를 쫓아갔다. 그리고 모자를 벗어 이름을 소개했다. 여자는 열아홉 살이라고 했는데 나이에 비해 어려 보였다. 그녀는 처음에는 얼굴을 붉혔지만, 이윽고 '두 명의 고아'(역주 : 19세기에 프랑스에서 큰 인기를 보았던 멜로드라마)에 나오는 설경이라도 보듯이 차갑게 나를 쳐다보았다.

「당신은 오늘 밤, 결혼한다고 들었는데요.」

내가 말했다.

「네, 그래요.」

그녀가 대답했다.

「무슨 문제라도 있으신가요?」

「제 말 좀 들어보세요, 아가씨」 하고 나는 말을 꺼냈다.

「제 이름은 미스 리보사 리드라고 합니다.」

그녀는 퉁명스럽게 말했다.

「알고 있습니다.」

내가 다시 말했다.

「그런데 리보사 씨. 나는 당신의 아버지뻘 되는 나이입니다만, 실은 저 다 늙어빠진 겉만 번지르르한 노신사, 에나멜 구두를 신고 호박씨 까는, 수컷 칠면조처럼 도저히 갈피를 잡을 수 없이 퍼덕퍼덕 뛰어다니는, 멀미 나는 독충이 내 유일한 친구입니다. 어째서 당신은 저놈한테 가서 이런 결혼 장사에 투자를 하게 한 겁니까!」

「하지만 저분 외에는 가망이 없었는걸요.」

미스 리보사가 대답했다.

「말도 안 돼요.」

나는 그녀의 미모와 자태에 감탄의 시선을 던지며 말했다.

「당신 정도의 미모라면 어떤 남자라도 걸려 들겠지요. 저, 리보사 씨. 맥 할아범은 당신이 바라는 그런 남자가 아니에요. 신문의 출생 공고식으로 말하자면, '리드 출생' 당시에 저놈은 스물두 살이었으니까요. 꽃다운 나이란 것은 한없이 오래가는 것이 아니랍니다. 놈도 지금은 노쇠와 망령으로 모습이 헐거워진 상태예요. 그런데 맥 할아범은 지금 늘그막의 사랑으로 난처해하고 있어요. 젊은 시절에는 도박 따위엔 관심도 없었는데 이제 와서 현금 대신에 큐피드에게서 받은 약속어음의 이자를 받고 싶다고 자연의 여신에게 조르고 있는 거죠. 리보사 씨, 당신은 이 결혼이 이루어지기를 진정 바라고 있나요?」

「물론 그래요.」

그녀의 모자에 달린 삼색 제비꽃이 흔들거렸다.

「누구든 그렇게 생각해요.」

191

「그런데 결혼식은 몇 시입니까?」

나는 물어보았다.

「6시예요」 하고 그녀는 말했다.

나는 무엇을 해야 할지 바로 결심했다. 있는 힘을 다해 맥 할아범을 구해주자. 그렇게 착하게 살아온 어눌하기만 한 남자가 연필을 입에 물거나 등 단추도 제대로 채우지 못하는 어린애 같은 여자한테 꼼짝 못하는 꼴을 보다니, 나도 태연히 보고만 있을 수는 없었다.

「리보사 씨.」

나는 여자 특유의 직관적인 분별에 대해 쌓아온 지식을 최대한 이용하자고 생각하고 열의를 담아 말했다.

「피냐에는 젊은 남자는 없습니까? 당신이 마음속으로 그리워하는 그런 멋진 젊은이 말입니다.」

「있어요.」

리보사는 삼색 제비꽃 모자를 끄덕이며 말했다.

「물론 있지요! 그런데 무슨 생각을 하시는 거죠? 어쩜!」

「그 남자는 당신을 좋아합니까?」

나는 물었다.

「어떤 생각을 하고 있죠, 남자 쪽은?」

「푹 빠져 있어요.」

리보사가 말했다.

「어머니가 현관 계단에 그 사람이 앉아 있지 못하도록 물을 뿌릴 정도예요. 하지만 오늘 밤이 지나면 그 일도 완전히 깨끗하게 정리가 될 거라고 생각해요.」

그녀는 한숨을 푹 쉬면서 말을 끊었다.

「리보사 씨」 하고 나는 말했다.

「당신은 사실, 그 맥 할아범에게 사랑이라 칭하는 애틋한 감정은 조금도 느끼고 있지 않죠?」

「어머! 전혀요!」

그녀는 머리를 좌우로 흔들면서 말했다.

「그 사람은 마치 용암층처럼 퍼석퍼석하다고요. 사랑이라니 말도 안 돼요!」

「당신이 좋아하는 그 청년은 누구죠, 리보사 씨?」

나는 물었다.

「에디 베이루즈라고 해요.」

그녀는 대답했다.

「크로스비의 식료품 가게 점원으로 일하고 있죠. 하지만 한 달에 35달러밖에 못 벌어요. 전에는 엘라노크스가 그 남자한테 폭 빠진 적이 있었지요.」

「맥 할아범이 얘기해주었는데, 오늘 오후 6시에 결혼식을 올린다고요?」

내가 물었다.

「그래요.」

그녀가 말했다.

「우리집에서 하기로 되어 있어요.」

「리보사 씨, 내가 하는 말을 잘 들어봐요. 만

193

약 에디 베이루즈가 천 달러의 현금—알겠어요? 천 달러라고 하면, 그는 자신의 가게를 가질 수가 있어요. 즉, 만약 당신과 에디가 결혼을 하는데 그만큼의 돈을 준다면 오늘 오후 5시에 그와 식을 올릴 것을 약속하겠어요?」

그녀는 잠시 내 얼굴을 가만히 쳐다보았다. 세상의 뭇 여자들이 그러하듯이 속으로 몰래, 말 없는 계산을 하고 있는 것을 알 수 있었다.

「천 달러라고요?」 하고 그녀는 되묻더니, 「물론, 약속해요」 하고 대답했다.

「자, 갑시다.」

나는 말했다.

「함께 에디를 만나러 갑시다.」

우리 둘은 크로스비까지 가서 에디를 밖으로 불러냈다. 그는 주근깨가 돋았지만 꽤 잘생긴 얼굴이었다. 내가 제안을 하자, 그는 말라리아라도 걸린 것 같은 얼굴이 되었다.

「5시에!」

그는 말했다.

「천 달러! 마치 꿈같은 얘기네요! 당신은 그야말로 인도의 향료상에서 은퇴한 부자 아저씨군요! 나는 오래된 크로스비의 가게를 사들여서 직접 운영해보겠어요.」

우리는 안으로 들어가서 크로스비 노인을 불러내, 일의 자초지종을 설명했다. 나는 천 달러의 수표를 써서 노인에게 건넸다. 에디와 리보사가 5시에 결혼하면, 그 돈을 두 젊은이에게 건네주게 되어 있는 것이다.

그런 다음 나는 그들을 축복해주고, 잠시 숲 속으로 산책하러 나갔다. 그곳에서 통나무에 걸터앉아 인생과 노령, 천문의 12궁이나 여자의 습성, 그 외에 생애에 따라붙는 난관 같은 것에 대해 깊은 사색에 빠졌다. 이것으로 어쨌든 절친한 친구인 맥을 갑자기 귀신에 홀린 듯한 늘그막의 열병으로부터 구해줬다고 생각하니, 나로서도 자축하지 않을 수 없었다. 그가 열병을 훌훌 털고 넋 빠진 상태에서 벗어나 에나멜 구두를 버렸을 때, 반드시 고마운 생각을 할 것이라고 생각했다.

'어쨌든 맥이 그런 잘못된 길로 빠지지 않게 한 것은 천 달러 이상의 값어치가 있는 거야.' 나는 생각했다.

그리고 무엇보다도 내가 여자에 대한 연구를 해둔 덕에 여자의 자만심과 진화의 수법에 조금도 속지 않았다는 것이 기뻤다.

집에 돌아온 시각은 5시 반 정도였다. 문 안으로 발을 들여놓으니, 맥 할아범이 평상복을 입고 감색 양말을 신은 발을 창에 걸치고, 의자의 등에 목을 기대고 누워 있었다. 무릎 위에는 〈영국 문명사〉가 펼쳐져 있었다.

「6시에 결혼할 사람이 차림이 왜 그래?」

나는 시치미를 떼고 물었다.

「아아.」

맥이 담배에 손을 뻗으면서 말했다.

「5시로 시간이 앞당겨졌다네. 시간을 변경했다는 통지를 받았거든. 벌써 식은 끝났어. 이렇게 오랫동안 어디 있다가 온 거야?」

「그럼 그 결혼에 대해 얘기를 들었군?」

나는 물었다.

「내가 식의 주례를 서주었지」 하고 그가 말했다.

「난 치안판사라고 하지 않았나. 목사가 지금 동부의 친척 집에 가서 자리를 비웠거든. 결혼식 주례를 설 사람이 이 마을에서는 나 하나뿐이야. 한 달 전에 내가 두 사람의 결혼식 주례를 서주겠다고 약속을 했었어. 에디는 부지런한 젊은이야. 조만간 자신의 가게를 차릴 거야.」

「그래, 반드시 그렇겠지」 하고 나는 말했다.

「결혼식에는 많은 여자가 왔지만, 아무래도 나는 그들에게서 이렇다 할 힌트를 얻지 못한 것 같아. 나도 자네가 말한 것처럼 여자의 소원 성취라는 수법에 도통했으면 좋겠는데.」

맥은 담배 연기를 뿜으면서 말했다.

「그건 2개월 전의 얘기야.」

나는 그렇게 말하고 손을 뻗어 밴조를 집어 들었다.

자동차를
세워두고

땅거미가 질 무렵, 오늘도 변함없이 그 조용한 작은 공원의 한구석에 회색 드레스를 얌전하게 차려입은 여자가 모습을 드러냈다. 그녀는 벤치에 자리를 잡고 앉아 책을 읽었다. 아직 30분쯤은 활자에 몰두할 여유가 있었다.

다시 한 번 말하지만, 그녀의 드레스는 회색이었다. 스타일도 그렇고, 바느질도 그렇고, 무엇 하나 흠 잡을 데 없는 모습이었지만 너무 수수해서 눈에 잘 띄지 않았다. 터번처럼 생긴 모자와 성긴 망사의 베일 뒤에 가려진 얼굴은 다소곳하고 수수한 아름다움으로 빛나고 있었다. 그녀는 어제도 그저께도 같은 시간에 그곳에 찾아왔다. 그런데 이 사실을 알고 있는 남자가 한 명 있었다. 그 청년은 위대한 행운의 신에게 바친 제물의 효력을 기대하면서, 그 주위를 서성거렸다. 이윽고 그의 간절한 기도는 보답을 받았다. 그녀가 책장을 넘길 때, 책이 손에서 미끄러지면서 벤치에서 1야드쯤 되는 곳에 떨어져 버린 것이다.

청년은 즉시 달려가서 공원이나 사람이 많이 모이는 장소에서 흔히 볼 수 있는ㅡ정중한 예의와 설레는 마음, 나아가 순찰 중인 경관에 대한 세심한 주의, 이러한 것이 뒤섞인ㅡ모습으로, 그 책을 집어 주인에게 돌려주었다. 그리고 붙임성 있는 말투로 날씨에 대한 화제를 꺼내며 자연스럽게 인사를 건넸다.ㅡ이러한 화제야말로 실은 남녀 간의 대부분의 불행에 책임이 있는 것이지만ㅡ그리고 그는 그대로 잠시 동안 서서 자신의 운명을 기다렸다.

여자는 찬찬히 그를 살펴보았다. 그의 평범하고 단정한 옷차림, 표정에 있어서도 이렇다 할 특징이 없는 것이 특징이랄 수 있는 용모, 그러한 것들이 그녀의 눈에 들어왔다.

「괜찮다면, 앉으셔도 돼요.」

그녀는 부드럽고 여유 있는 낮은 목소리로 말했다.

「실은 저, 당신이 여기에 앉으셨으면 해요. 이렇게 어두워지면 책을 읽을 수가 없거든요. 이야기를 나누는 편이 더 낫죠.」

행운의 신의 배려에 따라 그는 순순히 그녀의 곁에 걸터앉았다.

「저……」 하고 그는 공원에서 개최되는 집회에서 의장이 개회사를 할 때 처음으로 꺼내는 상투적인 말로 입을 열었다.

「저는 지금까지 수많은 여자를 보아왔지만, 당신만큼 나를 찔하게 하는 미인은 본 적이 없습니다. 어제도 실은 당신을 눈여겨보고 있었죠. 어떤 남자가 당신의 아름다운 눈동자에 몰래 가슴을 태우고 있으리라고는 상상도 못 하셨겠죠, 귀여운 아가씨.」

「당신이 어떤 분인지도 모르는걸요.」

여자는 얼음장처럼 차갑게 말했다.

「내가 숙녀라는 것을 잊지 말아주었으면 좋겠어요. 하지만 방금 말씀하신 '귀여운 아가씨'란 호칭은 용서해드리도록 하죠. 그런 잘못은 사실, 그다지 부자연스러운 것은 아닐 테니까요. 당신네들 세계에서는 말이죠. 제가 먼저 앉으시라고 권유는 했지만 그렇다고 저에 대해 그런 무례한 말씀을 하신다면 지금 드린 권유는 취소하도록 하겠어요.」

「정말로 죄송해서 어찌할 바를 모르겠습니다」하고 청년은 사과했다. 방금 전까지의 만족스런 얼굴은 후회와 자책의 표정으로 바뀌어 있었다.

「제가 잘못했습니다. 실은, 그…… 공원에는 젊은 아가씨들이 많이 찾아오기 때문에, 그래서…… 아니, 물론 당신은 모르시겠지만요.」

「괜찮다면 이 얘기는 이쯤에서 매듭을 짓기로 하죠. 물론 저는 이해하고 있어요. 그보다 물어볼 게 있어요. 보세요, 저기 저렇게 여기저기 오솔길을 따라 줄줄이 지나가는 사람들은 어디로 가는 건가요? 어째서 저렇게 바쁜 걸음으로 서둘러 가는 걸까요? 저 사람들은 행복할까요?」

청년은 갑자기 허물없이 대하던 그때까지의 태도를 바꾸

었다. 이제 그의 역할은 수동적이라는 것을 깨달은 것이다. 그러나 도대체 어떤 태도를 취하길 바라는 것인지, 전혀 역할에 대한 짐작이 가지 않았다.

「이렇게 주의를 기울여 보고 있으니 아주 흥미로운 풍경이군요.」

그는 상대의 기분을 헤아리려고 애쓰면서 대답했다.

「정말로 멋진 인생극이에요. 저녁을 먹으러 가는 사람도 있을 테고, 또…… 어딘가로 가는 사람도 있을 테고. 저 사람들은 도대체 어떤 과거를 가지고 있었을까 궁금해지는군요.」

「저는 궁금하지 않아요.」

여자는 말했다.

「남의 사생활을 파헤치는 걸 좋아하지는 않으니까요. 인간의 약동하는 심장, 그 위대하고 공통된 기운에 조금이라도 가까이 다가갈 수 있는 곳은 여기밖에 없었기 때문에 이곳에 와서 이렇게 앉아 있는 것뿐이에요. 인생극에서 나는 그러한 약동이 전혀 느껴지지 않는 곳에서 움직이는 역할을 맡았기 때문이죠. 왜 제가 당신에게 말을 걸었는지 알 수 있겠어요? 미스터……?」

「파켄스터커라고 합니다.」

청년은 얼른 제 이름을 덧붙였다. 그러더니 그의 표정은 다시 열정과 희망에 차오르기 시작했다.

「잘 모르시죠?」

여자는 매끄러운 손가락 하나를 세우고 살며시 웃으며 말했다.

「하지만 곧 알게 될 거예요. 신문이나 잡지에 이름이 나오지 않도록 아무리 애를 써도 불가능해요. 사진도 마찬가지예요. 이렇게 잠깐 이용하는 하녀의 베일과 모자 덕분에 겨우 신분을 감추고 외출을 할 수 있는 거죠. 우리 운전사가 나의 변장한 모습을 보고 기막혀하던 모습이라니! 내가 못 봤다고 생각했겠지만 정말 가관이었어요. 확실히 말씀드리면, 귀하고 높은 신분 중에서도 가장 높은 신분에 들어가는 성이 대여섯쯤 되는데, 태어나면서 우연히 저의 성이 그 하나에 속하게 됐답니다. 당신에게 말을 건넨 것도 스타켄포트 씨…….」

「파켄스터커입니다」 하고, 청년은 조심스럽게 고쳐주었다.

「파켄스터커 씨, 실은 저…… 한 번이라도 좋으니까 자연스런 분과…… 천박한 부의 허식이나, 위선에 찬 사회적 우월감 따위로 때 묻지 않은 분과 얘기하고 싶었기 때문이에요. 아아! 제가 얼마나 지겨워하고 있는지 당신은 이해할 수 없을 거예요! 오로지 그저 돈, 돈, 돈뿐이랍니다! 게다가 저를 둘러싸고 있는 사람들은 한결같이 똑같은 틀에 넣어 만들어진 따분한 꼭두각시 인형처럼 춤을 추고 있는 거예요! 오락도 그렇고, 보석도 그렇고, 여행이나 사교, 온갖 사치도 이젠 정말로 지긋지긋해졌어요.」

「제가 평소 생각하던 바로는……」하고 청년은 약간 주저하면서 말을 꺼냈다.

「돈이라는 것은 분명 아주 필요한 존재라 믿고 있었는데, 아닌가요?」

「부족함이 없는 재산은 바람직한 것이지요. 하지만 몇백만, 몇천만 달러를 가져보세요. 그렇다면!」

그녀는 절망적인 몸짓으로 말을 끝맺었다.

「그야말로 단조로운 것이 되어버리죠.」

그리고 그녀는 다시 말을 이었다.

「아주 질려버리고 말아요. 드라이브, 파티, 연극 관람, 무도회, 만찬회, 게다가 그것들 모두가 콸콸 쏟아지는 물처럼 넘치는 돈으로 덕지덕지 치장되어 있어요. 때때로 샴페인 잔 속에서 울리는 얼음 소리를 듣는 것만으로도 저는 미쳐버릴 것만 같답니다.」

파켄스터커 씨는 매우 흥미로운 표정으로 주의 깊게 듣고 있었다.

그는 말했다.

「저는 부유한 상류사회의 생활에 대해 책을 읽거나 이야기를 듣는 것을 좋아하는데, 아무래도 아직 수박 겉 핥기 식이라서요. 저의 지식을 정확하게 만들고 싶어서 말씀드리는 건데요. 실은 샴페인은 병째 차게 하는 것이지, 유리잔에 얼음을 넣어서 차게 하는 것은 아니라고 생각하고 있었어요.」

여자는 리드미컬한 아름다운 소리로, 정말 재미있다는 듯이 웃기 시작했다.

「그것은 이런 것이에요.」

그녀는 상냥하게 설명을 해주었다.

「우리 유한계급에 속하는 사람들은 정해진 관습에서 벗어나는 행동을 재미있어하지요. 샴페인에 얼음을 넣는 것은 바로 최근에 유행하고 있는 독특한 방식이랍니다. 그것은 지금 이곳을 방문 중인 타타르의 왕자님이 월도프 호텔에서 만찬회를 열었을 때 처음으로 생각해낸 거예요. 하지만 이것도 조만간 무언가 다른 것으로 바뀌겠죠. 실제로 이번 주에 있었던 매디슨 애비뉴에서 열린 한 만찬회에서는 손님들 각자의 접시 옆에 녹색 가죽 장갑이 놓여 있어서, 올리브를 먹을 때에 그것을 끼고 먹기도 했답니다.」

「그렇군요.」

청년은 새삼 감탄했다.

「그러한 사교계의 깊숙한 곳에서 벌어지는 독특한 풍류는 평범한 사람들은 전혀 알 수 없는 것이죠.」

「때때로」 하고 여자는, 그가 오해를 인정한 것에 대해 가볍게 목례를 하고 얘기를 계속했다.

「제가 만약 사랑을 하게 된다면, 그 상대는 신분이 낮은 사람이 되지 않을까 생각한답니다. 게으르게 놀고먹는 사람이 아니라 직업을 가지고 일하는 사람 말이죠. 저의 소망과는 상관없이 결국은 부와 지위를 갖춘 남자들 틈에서 헤어나기 힘들겠지만요. 사실 지금도 두 사람이 열렬히 구혼을 하고 있답니다. 한 명은 독일 어느 공국의 대공이에요. 그런데 그분에게는 고약한 술버릇과 난폭함 때문에 미쳐버린 부인이 아무래도 어딘가에 숨어 있든가, 혹은 있었던 것이 아닐까 생각돼요. 또 한 분은 영국의 후작인데, 아주 냉정하고 욕심 많은 사람이라 그나마 대공의 악마적 성향이 더 나을 정도죠. 이러한 얘기를 내가 어째서 당신에게 말하는지 이해할 수 있겠어요? 피켄스터커 씨.」

「파켄스터커입니다.」

청년은 작은 소리로 말했다.

「아가씨는 제가 얼마나 당신의 신뢰에 감격하고 있는지 모르실 겁니다.」

여자는 두 사람의 신분 차이에 어울리는 침착하고 비인간적인 시선으로 그를 가만히 바라보았다.

「당신은 어떤 일을 하고 계시죠, 파켄스터커 씨?」

그녀가 물었다.

「아주 비천한 일입니다. 하지만 출세를 바라고 있습니다. 당신은 신분이 낮은 남자를 사랑할 수도 있다고 하셨는데 진심으로 한 말씀입니까?」

「네, 정말이에요. 하지만 '만약 가능하다면' 이라고 말씀 드린 거예요. 왜냐하면 지금은 대공에다가 후작도 있는걸요. 그래요. 내가 이러했으면 좋겠다고 바라는 남자 분이라면 그 사람이 어떤 직업을 가졌든 결코 비천하다고 할 수는

없을 거예요.」

「저는 지금 레스토랑에서 일하고 있습니다.」

파켄스터커는 용기를 내어 말했다.

여자는 조금 실망한 눈치였다.

「혹시 급사 일은 아니겠죠?」

그녀는 약간 애원하는 듯한 어조로 말했다.

「노동은 신성해요. 하지만 하인이라든가, 뭐, 급사라든가…….」

「저는 급사는 아닙니다. 카운터에 있어요.」

비로 맞은편, 공원 반대편의 경계를 이루고 있는 길가에 '레스토랑' 이라는 화려한 간판이 빛나고 있었다.

「보세요. 저기 저 레스토랑의 카운터에서 일하고 있어요.」

여자는 왼쪽 손목에 차고 있는 정교한 무늬가 새겨진 팔찌의 작은 시계를 보더니, 서둘러 자리에서 일어나 팔에 걸친 화려한 핸드백에 읽고 있던 책을 집어넣으려 했다. 그러나 핸드백에 들어가기에는 책이 너무 컸다.

「오늘은 일을 하지 않나요?」

그녀가 물었다.

「오늘은 야근입니다.」

청년이 말했다.

「아직 근무시간까지는 한 시간 남았어요. 다시 만나 뵐 수 있을까요?」

「모르겠어요. 만날 수 있을지도 모르죠. 하지만 이제 이런 변덕은 생기지 않을지도 몰라요. 어쨌든 저는 서둘러야 해요. 만찬회가 있어서. 그리고 나서 연극을 보러 가야 해요. 그리고 아아! 날마다 똑같은 일이 되풀이돼요! 혹시 이쪽으로 오는 도중에 공원의 맞은편 입구 쪽에 자동차가 서 있는 것을 보지 못했나요? 흰색 차예요.」

「바퀴가 빨간 자동차 말씀이시군요.」

청년은 생각에 잠기더니 미간을 찌푸리면서 물었다.

「네, 항상 그 차를 타고 여기에 오곤 하죠. 운전사 피에르가 기다리고 있어요. 피에르는 내가 광장 맞은편의 백화점에서 쇼핑을 하고 있다고 생각하죠. 운전사까지 속이지 않으면 안 되는 이런 구속받는 인생을 생각이라도 해보셨는지. 그럼, 안녕히.」

「벌써 많이 어두워졌습니다.」

파켄스터커가 말했다.

「공원에는 불량배들이 많아요. 괜찮으시다면 함께…….」

「숙녀의 부탁을 조금이라도 존중해주신다면.」

여자는 의연하게 말했다.

「제가 떠난 후에 10분만 더 이 벤치에 계셔주세요. 당신을 탓할 것은 못 되지만 자동차에는 보통 차 주인의 이름을 새긴 글자가 붙어 있잖아요? 그러니……. 그러면 다시 한번 안녕히.」

위엄 있는 태도로, 그러나 걸음을 재촉하며 그녀는 어둠 속으로 사라져갔다. 청년이 여자의 우아한 뒷모습을 가만히 바라보고 있는 동안, 그녀는 공원을 벗어나 인도를 따라서 자동차가 멈춰 서 있는 모퉁이 쪽을 향해 계속 걸어갔다. 그러자 그는 곧 그녀와의 약속을 깨고 아무 망설임도 없이 여자의 모습을 놓치지 않도록 그녀가 가는 방향과 평행으로, 공원의 나무와 관목들 사이로 몸을 숨겨가며 뒤따라가기 시작했다.

모퉁이 부근에 이르자, 여자는 옆으로 돌아 자동차에 잠깐 시선을 던지고는 그대로 그곳을 지나쳐 맞은편 쪽으로 길을 건넜다. 청년은 때마침 멈춰 서 있는 자동차 그늘에 몸을 숨기고 여자의 행동을 가만히 지켜보았다. 그녀는 공원의 맞은편 길 보도를 따라 아래쪽으로 걸어가더니, 요란한 간판이 걸려 있는 레스토랑 안으로 들어갔다. 그곳은 그 근처에서 흔히 볼 수 있는 촌스러울 만큼 번쩍거리는 가게였다. 벽은 온통 하얀 페인트칠로 덮여 있고, 거울이 장식되어 있으며, 싼값에 푸짐하게 식사를 할 수 있는 곳이었다. 여자는 레스토랑의 후미진 방으로 들어갔다. 그리고 그곳에서 모자와 베일을 벗고 밖으로 나왔다.

카운터는 입구의 바로 옆에 있었다. 빨간 머리의 젊은 여자가 카운터에서 내려오면서 험악한 눈초리로 시계를 힐끗 쳐다보았다. 그리고 회색 옷을 입은 여자가 그 카운터에 앉았다.

청년은 양손을 주머니에 넣고, 발을 돌려 천천히 되돌아갔다. 길모퉁이를 돌자 무언가가 그 발끝에 부딪쳐 잔디 저편까지 날아갔다. 그곳에 떨어져 있었던 것은 작은 종이 표지의 책이었다. 표지의 그림으로 보아, 아까 그 여자가 읽고 있었던 책이란 것을 알 수 있었다. 그는 그것을 대수롭지 않게 주워 들었다. 가까이서 보니 〈신아라비안나이트〉라는 표제에, 작자는 스티븐슨이라는 이름이었다. 그는 그것을 다시 풀밭 위에 내던지고는 잠시 동안 주저하는 모습으로 그곳을 서성거렸다. 그러고 나서 서 있던 자동차에 올라타 쿠션에 몸을 기대며 운전사에게 두 마디 말을 내뱉었다.

　　「알리, 클럽으로.」

구두쇠 애인

'비기스트' 백화점에는 3천 명의 여점
원이 있다. 메이지는 그중 한 사람이다.

나이는 열여덟 살이며, 신사용 장갑 매장에서 일하고 있
다. 그곳에서 일하면서 그녀는 세상에는 두 부류의 인간이
존재한다는 사실을 알게 되었다. 한 부류는 백화점에서 자
신의 장갑을 직접 사는 신사들이고, 다른 한 부류는 가련한
신사들을 대신해 장갑을 사주는 부인들이다. 인간들에 대한
이 폭넓은 지식 외에, 메이지는 또 다른 사실을 알게 되었
다. 그녀는 2,999명의 다른 여점원들이 털어놓는 지혜가 담
긴 말에 가만히 귀를 기울이고, 그것을 몰타 고양이(역주 :
몰타 섬 원산의 청회색의 집고양이)의 뇌처럼 비밀스럽고 주
의 깊은 머릿속에 모두 간직해두었다. 아마도 자연의 여신
은 메이지에게 조언을 해줄 만한 현명한 인물이
없다는 것을 예견한 때문인지, 그녀의 미모와
더불어 빈틈없는 성격을 부여한 모양이었다. 마
치 고가의 모피를 뽐내는 실버 폭스(역주 : 검은
털에 흰 털이 박힌 여우)가 다른 동물들과는 달리
교활함까지도 함께 갖추고 있는 것처럼 말이다.

메이지는 미인이었다. 수수하면서도 우아한

215

금발, 백옥 같은 피부, 게다가 창가에서 버터케이크를 굽고 있는 가정주부처럼 차분함도 지닌 여성이었다. 신사들은 그녀가 장갑의 사이즈를 재기 위해 손으로 줄자를 감쌀 때, 헤베(역주 : 그리스신화에 나오는 청춘의 여신)를 떠올리곤 했다. 그리고 다시 한 번 눈을 들어 그녀를 바라보면, 이번에는 미네르바(역주 : 로마신화에 나오는 지혜, 전쟁, 예술의 여신으로, 미네르바의 눈이란 총명한 눈을 의미)의 눈을 연상하고는 깜짝 놀라는 것이었다.

매장의 감독이 보고 있지 않을 때면 메이지는 과일을 절인 과자를 씹다가 감독이 보면 마치 하늘의 +틈을 쳐다보듯이 시선을 올리고 살며시 미소를 지었다.

바로 여점원들 특유의 미소를 짓는 것이다. 그러나 이쪽이 무감각한 마음으로 확실히 무장을 하고 있거나, 캐러멜이라도 먹고 있거나, 아니면 큐피드의 장난에 장단 좀 맞춰볼까 하는 정도의 마음이 아니라면 글쎄, 이런 미소에는 절대로 넘어가서는 안 되는 것이다. 메이지는 휴식 시간에만 그런 미소를 지을 뿐, 매장에서 일할 때는 짓지 않는다. 그러나 감독에 대해서만은 예외였다. 그는 매장의 샤일록(역주 : 셰익스피어의 희곡 〈베니스의 상인〉에 나오는 유대인 고리대금업자. 욕심 많고 인정 없는 인간의 전형으로 묘사되었다) 같은 인물이었다. 그가 매장 주위를 킁킁거리며 냄새를 맡고 돌아다닐 때에 그의 콧등은 통행료를 내야 지나갈 수 있는 유료 다리만큼이나 거북스러웠다. 그는 예쁜 아가씨를 볼 때는 추파를 던지거나 그렇지 않으
면 「저쪽으로 가」라는 식이었다.
물론 매장 감독 모두가 그런 것은 아니
다. 최근 며칠 전의 신문에는 80세를 넘
긴 매장 감독에 관한 기사가 실린 적도 있
었다.

어느 날 화가이자 억만장자이며, 여행가이자 시인인 어
빙 카터가 비기스트 백화점에 들어왔다. 그는 항상 자동차
를 몰고 다녔다. 하지만 그가 자발적으로 이곳을 찾은 것은
아니었다. 그의 어머니가 브론즈나 테라코타의 반신상 작품
을 이리저리 둘러보고 있는 동안 잠시나마 효도라는 명목하
에 백화점 안으로 따라 들어오게 된 것이다.

카터는 시간을 보내기 위해 장갑 매장으로 슬슬 발걸음
을 옮겼다. 문득 장갑을 사고 싶은 생각이 든 것은 아니었
다. 다만 오늘은 장갑을 가져오는 것을 까맣게 잊고 나왔던
것이다. 그런데 그 다음의 그의 행동에 대해서는 굳이 변명
할 필요는 없을 것 같다. 왜냐하면 이제껏 그 자신도, 장갑
매장에서 연애했다는 얘기는 들어본 적이 없었기 때문이다.

그는 자신의 운명에 가까이 다가감에 따라 주저하는 마
음이 일어났다. 그리고 드디어, 사랑의 신 큐피드의 그다지
고상하지 않은 미지의 계략을 알아차리게 되었다.

요사스런 옷차림을 한 서너 명의 천박해 보이는 손님이
매장 판매대에 상체를 딱 붙이고, 장갑이라는 중매쟁이를

핑계로 여점원들과 서로 얽혀 있었다. 킥킥거리며 웃는 여점원들도 그들에게 이끌려서, 한껏 교태 섞인 핑크빛 목소리로 맞장구를 치고 있었다. 카터는 돌아서려고 했지만, 정신을 차렸을 때는 너무 늦은 것 같았다. 메이지는 바다에 떠있는 빙산을 비추는 한여름의 태양 빛처럼 차갑고, 아름답고, 따뜻한 다갈색 눈동자에 '어떤 것을 드릴까요' 하는 표정을 담고, 판매대 안에서 카터를 바라보고 있었다.

그런데 그때, 화가이며 억만장자요, 그 밖에 중요한 인물인 어빙 카터는 그의 귀티 나는 하얀 얼굴이 뜨겁게 달아오르는 것을 느꼈다. 그러나 이것은 쑥스러워서가 아니었다. 이 홍조의 원인은 좀 더 지적인 것이었다. 다른 판매대에서 킥킥거리며 웃고 있는 여점원들의 환심을 사려는 기성품 같은 젊은 사내들과 자신이 같은 대열에 속해 있다는 것을 순간 의식했기 때문이었다. 그 자신 또한 마음속에서 장갑 매장 여점원의 호감을 사려고 하는 욕망을 불사르면서, 참나무로 된 큐피드의 밀회 장소에 기대고 있었던 것이다. 결국은 그도 여느 사내들과 조금도 다르지 않았다. 그러자 그러한 무리에 대해 돌연 관대한 마음이 생겼다. 그리고 급기야는 지금까지 자신이 지켜온 관습에 의기양양하게 조소를 던지면서, 한 치도 머뭇거림 없이 이 완벽한 아름다움을 자신의 것으로 만들겠다는 결의를 하기에 이른 것이다.

구두쇠 애인

장갑 값을 치르고 포장한 물건을 받은 카터는 약간 머뭇거리며 시간을 끌었다. 메이지의 엷은 장밋빛 입가에 떠도는 보조개가 깊어졌다. 장갑을 산 신사들은 꼭 이런 식으로 우물쭈물 시간을 끄는 것이다. 메이지는 블라우스 소맷자락 밖으로 드러나 있는 프시케(역주 : 그리스신화에서 큐피드에게 사랑을 받은 나비 날개를 가진 미소녀)와 같은 팔을 굽혀 진열대 위에 팔꿈치를 살짝 얹었다.

카터는 지금까지 자신이 어떤 장소에서든 완벽한 승리자가 되지 못하는 상황에 부딪힌 적이 없었다. 그런데 지금은 주변의 평범한 사내들보다 훨씬 더 어색한 태도로 서 있었다. 이 아름다운 아가씨와 마음을 터놓을 수 있는 찬스를 전혀 잡을 수 없었던 것이다.

그의 마음은 초조해졌다. 그는 예전에 책에서 읽었거나 사람들에게서 들은 기억이 있는 여점원들의 성격이나 습관을 떠올리려고 머리를 짜냈다. 그런데 그때 여점원들은 때때로 자신을 소개하는 데 있어서 격식 같은 것에 그다지 크게 구애받지 않는다는 얘기를 어디선가 들은 기억이 났다. 이 귀엽고 순결한 처녀와 자유로운 만남을 통해 친해질 생각을 하니, 그의 심장은 고동치기 시작했다. 그리고 이 심장의 동요는 그에게 용기를 북돋아 주었다.

카터는 가벼운 화제를 꺼내 친근하게 몇 마디 얘기를 나눈 후, 진열대 위에 올려놓은 메이지의 손 옆에 그의 명함을 한 장 놓았다.

「저, 실례지만.」

카터가 말했다.

「오늘 이렇게 헤어지는 것이 너무 섭섭해서 말이죠. 이 명함에 제 이름이 적혀 있습니다. 정말 진실된 마음으로 말씀드리는 겁니다. 거짓말이 아닙니다. 모쪼록 친구, 아니 좀 더 가까이 지내고 싶은데 그러한 특권을 저에게 주실 수 있겠습니까?」

메이지는 남자들, 그중에서도 장갑을 사는 남자들에 대해 잘 알고 있었다. 그녀는 망설임 없이 상대방의 눈을 미소 띤 얼굴로 쳐다보며 솔직하게 말했다.

「좋아요. 당신은 성실해 보이니까요. 하지만 보통은 잘 모르는 신사 분하고 데이트나 하는 그런 여자는 아니에요. 그건 숙녀답지 못한 행동이잖아요. 그런데 언제쯤 저를 만나고 싶으세요?」

「가능한 한 빨리요. 만약 아가씨 집을 방문해도 괜찮다면 제가…….」

메이지는 유쾌한 목소리로 웃었다.

「어머! 그건 안 돼요!」

그녀는 딱 잘라 거절했다.

「제가 사는 아파트는 절대로 보여줄 수 없어요. 작은 집에서 다섯 식구가 살고 있거든요. 만약 남자 친구를 데리고 온다고 하면 엄마가 어떤 표정을 지으시겠어요?」

「그렇다면 장소는 어디든 상관없습니다.」

카터는 그녀에게 완전히 매료된 듯한 말투로 말했다.

「당신에게 편한 곳이라면 말입니다.」

「그럼 있잖아요.」

메이지는 복숭아빛 얼굴에 생기 있는 표정으로 말했다.

「대개 목요일 밤에는 괜찮아요. 7시 반에 8번가와 48번 도로가 만나는 길모퉁이에서 만나면 어떨까요? 바로 그 근처에 살고 있거든요. 하지만 11시까지는 집에 돌아가야 해요. 엄마가 11시 이후의 외출은 절대로 허락해주지 않으니까요.」

카터는 날아갈 듯한 기분으로 데이트 약속을 했다. 그러고 나서 디아나 상을 사는데 아들의 의견을 들어보려고 두리번거리며 그를 찾고 있던 어머니에게로 급히 돌아갔다.

주먹코에 눈이 작은 한 여점원이 궁금한 듯이 곁눈질을 하면서 메이지 곁으로 다가갔다.

「메이지, 그 부자 양반하고 잘됐어?」

그녀는 속삭이듯 물었다.

「그 신사가 우리 집을 방문해도 좋은지 묻는 거 있지?」

메이지는 카터의 명함을 허리춤의 주머니에 밀어넣으면서 약간 도도한 태도로 말했다.

「뭐? 집을 방문해도 좋으냐고?」

작은 눈의 여점원은 웃음을 참으면서 메이지의 말을 되풀이했다.

「월도프(역주 : 뉴욕 시에 있는 일류 호텔)에서 만찬을 즐기

구두쇠 애인

고, 그러고 나서 자가용을 타고 드라이브하자는 얘기도 있었겠지?」

「어머! 당장 그만두지 않겠어?」

메이지는 진저리 치면서 말했다.

「정말로 너라는 아이는 뭐든지 과장하는 버릇이 있구나. 그 소방 호스 차의 운전사에게 싸구려 중국집에서 식사 대접을 받은 후부터는 완전히 자만심에 빠져버린 것 같아. 그 사람은 월도프 호텔 얘기는 꺼내지도 않았다고. 하지만 명함에는 주소가 5번가로 적혀 있었어. 그러니 그 사람이 만약 저녁을 사준다면, 변발을 한 웨이터가 주문을 받는 일은 없을 거라는 건 장담해도 좋아.」

카터는 어머니를 소형 전기 자동차에 모시고 '비기스트' 백화점을 빠져나갈 때, 가슴 한구석에 작은 통증을 느끼며 입술을 지그시 깨물었다. 29년간의 생애를 통해 처음으로 사랑이라는 감정이 찾아온 것이다. 그러나 사랑하는 상대가 길모퉁이에서 만나자는 약속을 그렇게 선뜻 해준 것은 그가 간절히 바라던 바이기는 했지만 그를 은근히 걱정시키며 괴롭히는 것이기도 했다.

카터는 이 점원에 대해서 아직 아무것도 아는 바가 없었다. 그녀의 집이 여러 식구가 살기에 너무 비좁은 곳이며, 친척들이 자주 찾아와서 늘 집안이 북적거린다든가 하는 사실도 몰랐다. 그녀에게는 길모퉁이가 거실이며, 공원이 응

접실이고, 한길은 정원 산책길과 다름없었다. 하지만 그러한 환경 속에서도 잘 꾸며놓고 사는 귀부인처럼, 그녀의 생활은 티 없이 맑고 순수했다.

서로 알게 된 지 2주째가 되는 어느 날 저녁, 카터와 메이지는 팔짱을 끼고 가로등이 희미하게 켜져 있는 조그만 공원으로 천천히 걸어 들어갔다. 사람들 눈에 잘 띄지 않는 나무 그늘 아래의 벤치를 발견하고는 둘은 함께 자리에 앉았다.

그의 팔이 처음으로 그녀의 몸을 부드럽게 감쌌다. 그러자 그녀는 수수한 금발 머리를 그의 어깨에 살포시 기대었다.

「어머나!」

메이지는 기쁜 듯이 목소리를 높였다.

「왜 진작 이렇게 해주지 않았나요?」

「메이지.」

카터는 진심이 담긴 목소리로 말했다.

「내가 당신을 사랑하고 있다는 것을 이제는 알겠지? 진심으로 하는 말인데, 나와 결혼해줄 수 있어? 이미 나라는 사람에 대해 충분히 알았잖아. 나에 관해서는 이제 무엇 하나 의심할 여지가 없잖아. 난 당신을 원해. 나에게는 오직 당신뿐이야. 우리 두 사람의 신분 차이 같은 건 전혀 문제가 되지 않아.」

「신분 차이라니, 어떤 차이를 말하는 거죠?」

메이지는 이상하다는 듯이 물었다.

「아니, 그런 게 아니라……..」

카터는 당황해서 말했다.

「어리석은 인간들이나 그런 차이를 따지지. 나한테는 당신에게 호화스런 생활을 약속해줄 수 있는 힘이 있어. 나의 사회적 지위는 의심하지 않아도 되고, 경제적 능력도 꽤 있어.」

「남자들은 모두 그런 말을 하지요.」

메이지는 말했다.

「그리고 벤치에서 사람을 교묘하게 속이지요. 사실대로 말하면 당신도 식료품 가게에서 일하고 있거나 경마라도 하고 있겠죠? 전 보기만큼 어수룩하지 않아요.」

「원한다면 어떤 증거라도 보여줄 수가 있다고.」

카터는 부드럽게 말했다.

「메이지, 무엇보다 난 당신을 원하고 있어. 당신을 처음 본 순간부터 난 당신을 좋아하게 되었어.」

「남자들이란 모두 한결같이 이런 식으로 말을 하죠.」

메이지는 재미있다는 듯이 웃으면서 말했다.

「이것 보세요. 세 번 만나고서 나에게 반했다는 남자가 있다면, 저도 그 사람을 사랑하겠어요.」

「부탁이야. 제발 그런 말은 하지 말아줘.」

카터는 애원하듯이 말했다.

「내가 하는 말을 들어봐. 당신의 두 눈을 본 뒤부터 당신은 나에게 있어서 이 세상에서 단 하나뿐인 여자가 되어버린 거야.」

「어머, 정말로 농담도 잘하는 분이군요!」

메이지는 웃으며 말했다.

「도대체 지금까지 몇 명의 여자에게 그런 말을 한 거죠?」

그러나 카터는 더욱더 힘을 내서 그녀를 설득시켰다. 이윽고 그는 이 여점원의 아름다운 가슴속 어딘가, 깊숙한 밑바닥에 감추어져 있던 가냘프게 퍼덕이는 작은 영혼을 찾았다. 연약한 갑옷으로 무장했던 마음을, 그의 달콤한 사랑 고백이 관통한 것이다.

그녀는 조용한 눈빛으로 그를 올려다보았다. 따뜻한 홍조가 그녀의 차가운 볼에 찾아들었다. 그녀의 마음의 날개는 떨리면서, 주춤주춤하고 접혔다. 그녀는 지금, 사랑의 꽃봉오리에 사뿐히 앉으려고 하는 한 마리의 나비 같았다. 무언가 어렴풋한 생명의 빛, 혹은 그 가능성과 같은 것이 장갑 매장의 진열대 밖에서 그녀의 가슴에 움트기 시작했다. 카터는 메이지의 마음속에 일어나는 변화를 느꼈다. 그는 이 찬스에 다시 한 번 힘을 보탰다.

「메이지, 나와 결혼해줘.」

그는 부드럽게 속삭였다.

「결혼하면 이런 지저분한 거리를 떠나 멋진 곳으로 함께 가자고. 일도 사업도 모두 잊어버리고 인생을 하나의 긴 휴가처럼 생각하며 사는 거야. 당신을 데리고 갈 곳은 이미 정해져 있어. 내가 자주 가던 곳이야. 1년 내내 여름철인 아름다운 해변을 한번 떠올려봐. 푸른 파도의 잔물결이 끊임없이 아름다운 해변으로 밀려오고 있어. 사람들은 모두 행복해하고 아이들처럼 자유로워. 그런 해안으로 배를 타고 가는 거야. 그리고 싫증 날 때까지 그곳에서 지내는 거야. 그런 먼 곳에 가면 훌륭한 그림이나 조각이 가득 차 있는 호화롭고 멋진 궁전과 탑이 있어. 마을의 거리는 바다고, 오고 가는 사람들은…….」

「그래요.」

메이지는 불쑥 몸을 일으키더니 말했다.

「곤돌라를 타고…….」

「그래, 그거야.」

카터는 빙긋이 미소 지었다.

「나도 그런 꿈을 꾸고 있었어요.」

메이지가 말했다.

「그런 다음 우리는 여행을 계속하는 거야. 세상에서 보고 싶은 곳을 모두 돌아다니는 거야. 유럽의 이곳저곳을 구경한 후에, 다음에는 인도로 가서 그곳의 옛 도시들을 찾아보며 코끼리도 타보고, 힌두교나 브라만교의 훌륭한 사원들을 구경하며 돌아다니기도 하고. 그러고 나서 일본에 가서 멋진 정원을 보고, 페르시아의 이륜마차 경주 등등 외국의 진기한 경관은 모두 보고 오자고.

어때, 메이지? 마음에 들지 않아?」

메이지는 자리에서 벌떡 일어섰다.

「이제 그만 집으로 돌아가는 게 좋겠어요.」

그녀는 쌀쌀맞게 말했다.

「벌써 어두워지기 시작했어요.」

카터는 그녀를 설득했다. 하지만 결국 그것은 여자의 변덕스러운 마음이라는 것을 알았다. 그런 변덕과는 싸워봤자 아무 소용 없다는 것도 알았다. 그렇지만 카터는 어떤 행복한 승리감을 맛보았다. 비록 잠시 동안 비단실처럼 가느다란 끈이기는 했어노 그는 그것으로 자신의 변덕스런 아가씨의 영혼을 사로잡은 것이었다. 그의 마음속에서 기대감이 점점 부풀어갔다. 한 번쯤은 그녀도 날개를 접고, 그 차가운 손으로 자신의 손을 잡아준 것이었다.

다음 날 '비기스트' 백화점에서 메이지의 친구인 루루가 진열대의 모퉁이에서 그녀를 기다리고 있었다.

「그 멋진 애인과는 어떻게 됐니?」

그녀가 물었다.

「아, 그 사람?」

메이지는 곱슬곱슬한 옆머리를 가볍게 만지면서 말했다.

「애당초 나하고는 안 맞는 남자야. 글쎄 루루, 그 사람이 나에게 무슨 말을 했는지 알아?」

「여배우라도 되래?」

루루는 다급하게 묻고는 침을 삼켰다.

구두쇠 애인

「아니, 그런 눈치 빠른 남자가 아니야. '나와 결혼합시다. 그리고 신혼여행은 코니아일랜드로 갑시다.' 이렇게 말을 하더라니까!」